▼
Latitudes

D1352806

LA
CAVERNE

Projet dirigé par Marie-Noëlle Gagnon, éditrice

Conception graphique : Nathalie Caron
Mise en pages : Andréa Joseph [pagexpress@videotron.ca]
Révision linguistique : Sophie Sainte-Marie et Chantale Landry
En couverture : Photomontage à partir d'œuvres
de © shutterstock / jiawangkun et © shutterstock / Annette Shaff

Québec Amérique
329, rue de la Commune Ouest, 3e étage
Montréal (Québec) Canada H2Y 2E1
Téléphone : 514 499-3000, télécopieur : 514 499-3010

Nous reconnaissons l'aide financière du gouvernement du Canada par l'entremise du Fonds du livre du Canada pour nos activités d'édition.

Nous remercions le Conseil des arts du Canada de son soutien. L'an dernier, le Conseil a investi 157 millions de dollars pour mettre de l'art dans la vie des Canadiennes et des Canadiens de tout le pays.

Nous tenons également à remercier la SODEC pour son appui financier. Gouvernement du Québec – Programme de crédit d'impôt pour l'édition de livres – Gestion SODEC.

Catalogage avant publication de Bibliothèque et Archives nationales du Québec et Bibliothèque et Archives Canada

Turp, Gilbert
La caverne
(Latitudes)
ISBN 978-2-7644-3076-7 (Version imprimée)
ISBN 978-2-7644-3077-4 (PDF)
ISBN 978-2-7644-3078-1 (ePub)
I. Titre. II. Collection : Latitudes (Éditions Québec Amérique).
PS8589.U76C382 2016   C843'.54   C2015-942303-1
PS9589.U76C382 2016

Dépôt légal, Bibliothèque et Archives nationales du Québec, 2016
Dépôt légal, Bibliothèque et Archives du Canada, 2016

Imprimé au Québec

LA
CAVERNE

GILBERT TURP

Québec Amérique

UN AVRIL DE MERDE

1

Dix-sept heures quarante-trois. Dans le confort feutré de sa caverne, Michel finit d'expédier l'entrevue d'un de ces artistes narcissiques qui plaisent tant aux gens qui n'ont rien d'autre à faire. Expert dans l'art de feindre l'intérêt, il donnait l'impression de mettre tout son cœur dans cette entrevue formatée et prévisible qu'il avait déjà menée cent fois. Du copié-collé, où seul le nom de la vedette changeait. Ce continuel spectacle, il commençait à en revenir. L'irritation le guettait ; des picotements couraient sous son cuir chevelu. En songeant à son auditeur idéal, qui l'écoutait peut-être au milieu d'un bouchon de circulation sur la Métropolitaine, il ne put s'empêcher d'en appeler à son indulgence. « Je t'en prie, ne m'éteins pas, je peux faire mieux. »

Dix-sept heures quarante-cinq. Il passa au segment des nouvelles internationales. Massacres, horreurs et crimes à grande échelle. Du copié-collé, ça aussi, mais cette fois il était impossible d'en revenir. Michel demeurait perpétuellement surpris par la créativité humaine en matière de brutalité et de spoliation. Il se gênait d'ailleurs de moins en moins pour agrémenter les violences du jour d'une saute d'humeur ou deux. Pas plus, cependant. Restons professionnel. Il y avait bien assez de confusion comme ça, inutile d'en rajouter. Il se contenta donc de pousser un soupir en déclarant que notre planète vieillissait, que notre pays se ratatinait et qu'en dépit de l'hirondelle du printemps arabe ça allait toujours aussi mal au Moyen-Orient.

— Enfin, il faut bien vivre…

De l'autre côté de la vitre, la réalisatrice leva les yeux vers les carreaux insonorisants du plafond et fit un signe au technicien de son. La chanson de l'heure envahit les ondes. Michel retira ses écouteurs, but une gorgée d'eau, s'étira sur sa chaise et envoya un baiser en direction de la régie, assez satisfait de lui-même.

À dix-sept heures cinquante-neuf, il remercia l'équipe en ondes – techniciens, recherchistes, coordonnateur, assistants, sans oublier Manon, à la réalisation, qu'il appelait « sa chère *réale* », tandis que l'indicatif musical noyait progressivement sa voix. Cet air mi-pop, mi-électro était particulièrement racoleur ; il en avait demandé un nouveau pour la saison prochaine, mais on l'avait regardé comme un enfant qui fait des caprices. Mais bon, songea-t-il, puisque c'est ainsi. *Ciao*, tout le monde.

Dès qu'il franchit le seuil de sa caverne, la *réale* l'intercepta.

— Combien de fois va-t-il falloir que je te répète de ne pas laisser tes humeurs déborder en ondes ?

— On assomme l'auditeur à coups de catastrophes et tu t'énerves parce que je pousse un soupir ? Est-ce que la moue de René Lévesque à l'époque de *Point de mire* te paraîtrait inacceptable aujourd'hui ?

— Je ne vois pas le rapport.

— Mon soupir, c'est quoi, sinon une moue sonore ?

Manon le considéra avec une certaine incrédulité.

— Michel, tu n'es quand même pas en train de te comparer à René Lévesque ?

Tout le monde se rendait compte que les nouvelles internationales ressemblaient de plus en plus à une gigantesque notice nécrologique. Pour Manon, cependant, le danger ne résidait pas dans la diffusion de la morosité. C'était plutôt que, dans un univers médiatique aussi saturé que le nôtre, tout finissait par se dissoudre dans l'indifférence. La première fois qu'on entend parler du tremblement de terre haïtien, ça nous touche ; la trentième fois, ça nous écœure. Et plus les journalistes laissent parler leur subjectivité, pire c'est. D'où l'importance de bien tracer la ligne entre le commentaire éditorial et le rabâchage de la morosité universelle.

Michel, lui, se souciait surtout de son auditeur idéal. Qui était-il ? Qu'attendait-il de lui ? À l'époque où il arpentait les pavés d'ici et d'ailleurs en quête de reportages, il tenait pour acquis que ce qui le passionnait, lui, captiverait nécessairement les autres. Il pratiquait le métier le plus pertinent du monde : journaliste de terrain. Mais le sentiment de sa mission s'était fissuré au moment du génocide rwandais.

Dépêché sur les lieux – à la grande inquiétude de sa femme –, Michel n'avait pas livré le reportage attendu.

Il avait pris sa décision après l'entrevue d'une jeune fille de quatorze ans tombée enceinte à la suite d'un viol collectif. Une fois le bébé venu au monde, un des agresseurs s'était mis en tête qu'il était le père et l'avait demandée en mariage. L'adolescente, répudiée par les survivants de son village, avait confié à Michel que d'une part cet enfant devait manger, et que d'autre part ce mariage serait sa vengeance. Son tortionnaire verrait sa haine chaque matin dans ses yeux.

Ce reportage, intitulé *L'enfant de la haine*, il ne l'avait pas envoyé. Et quand, à son retour, son supérieur l'avait réprimandé officiellement, Michel avait piqué une crise en pleine salle de presse : « Je suis journaliste, pas pornographe ! » Cette sortie, plutôt comique au fond, avait été suivie d'un silence de mort et d'un effet domino d'yeux fuyants. Michel, mortifié, avait cru n'avoir réussi qu'à embarrasser ses collègues. Mais sa réaction avait semé le doute. Depuis le dévoilement des camps de la mort nazis une cinquantaine d'années plus tôt, on estimait qu'on n'était jamais trop informés, mais ce qui se passait au Rwanda renversait la perspective. Ce génocide commenté en temps réel débordait d'une telle obscénité qu'on ne savait plus comment s'adresser à l'auditeur. Au lieu d'éveiller sa conscience, on lui sapait le moral.

Enfin, le degré d'attention que les patrons de Michel attribuaient au public était constamment revu à la baisse. On lui demandait de mettre toujours plus de sourires dans sa voix.

— Je veux bien alléger le ton, répondait-il, mais pas sous-estimer mon auditeur. Il y a tout de même quatre universités à Montréal.

— Justement, ton auditeur est *sursollicité*, il a besoin de se distraire.

Le directeur des communications évoquait sans cesse cet auditeur au singulier, tout en en parlant au pluriel. Il disait par exemple : « Ton auditeur, c'est tant de dizaines de milliers de personnes, ne l'oublie pas. » Ce qui faisait un bien singulier pluriel.

Michel en était réduit à se battre pour rester maître de sa propre voix. Son fameux timbre qu'on qualifiait d'éternellement jeune ne servait qu'à une chose : créer de la proximité et de la chaleur. Cela suppose qu'il s'adressait à quelqu'un, un interlocuteur, et non pas à un auditoire anonyme et quelconque qu'on appelle « les gens » ou, pire, « la masse ». Bref, son auditeur idéal – que Michel imaginait spontanément de sexe masculin – était son ami. Pourquoi alors se priver de partager un soupir avec lui devant l'état du monde ?

— Moins de deux mois encore et tu seras en vacances.

La main de la *réale* tapota gentiment son avant-bras. Ils se touchaient rarement et ce contact lui rappela les deux mois d'échanges sexuels qu'ils s'étaient autorisés au début de leur collaboration. Michel la regarda s'éloigner en se demandant ce qui avait bien pu l'attirer chez elle à l'époque.

Dans le corridor, il eut l'idée de faire un détour par la salle de presse, histoire de s'attarder auprès de Stéphanie, la petite recherchiste. Mais elle n'y était plus. Il poursuivit son chemin, les yeux dans le vague. Le jeu d'angles des couloirs lui donnait souvent l'illusion d'être dans un tunnel sans fin. La couleur des murs n'aidait pas, il faut dire. Elle diluait le point de fuite et gommait toute perspective. Il en profita pour faire le vide et s'exercer à son *souffle océan*.

En débouchant au rez-de-chaussée, il s'arrêta au comptoir de la cantine à l'entrée de la cafétéria. À cette heure, il n'y avait plus grand monde. Janine faisait son rangement de fermeture. Elle lui servit son macchiato sans qu'il ait besoin de le demander. Michel, qui passait la plupart de ses fins de semaine à la campagne, prenait ce café tous les vendredis soir depuis qu'il avait cogné un clou au volant et dévié de sa voie. Un coup de klaxon strident lui avait sans doute sauvé la vie.

Il avait découvert le macchiato en Italie lors d'un congrès de journalistes et l'avait décrit amoureusement à Janine. Un espresso classique avec une cuillerée de mousse de lait chaud dessus. Attention, pas le lait, seulement le capuchon de mousse. Un coup de fouet avec une touche de sensualité.

À une table du fond, le Gros Comique et la Grand' Laide chuchotaient âprement, penchés l'un vers l'autre. Michel devina qu'ils se plaignaient du prix des ordonnances pharmaceutiques qui leur permettaient de tenir. Ces deux figures blafardes faisaient tellement partie des meubles à Radio-Canada que Michel ne les remarquait plus. Mais peut-être qu'à force de vivre entouré de gens mal dans leur peau, cela finit par vous donner envie de vous gratter. Vivement la campagne. Il déposa sa tasse vide sur le comptoir, salua Janine et fila.

2

Michel conduisit sa BMW avec assurance et stabilité, toutes fenêtres ouvertes. Wilhelm Backhaus jouait à plein volume son insurpassable interprétation du quatrième concerto de Beethoven. Personne à l'intérieur du véhicule n'aurait cru que Michel roulait à cent cinquante tellement sa conduite était souple. Il venait de dépasser la zone congestionnée de la Rive-Sud et rattrapait le temps perdu.

Dans les champs qui bordaient l'autoroute des Cantons-de-l'Est, les tout derniers vestiges de neige sale compactée cédaient sous des poussées d'un vert tendre. Les buttes et les bois clamaient leur désir de lumière comme des peintures. Les tonalités terriennes d'Ozias Leduc faisaient place aux signes envolés de la période bourgeonnante de Borduas.

Même sa femme avait retrouvé son exubérance. Simone était déjà là-bas pour organiser sa fête champêtre annuelle. Elle invitait tous leurs amis, ainsi que les membres du personnel de son école. Elle était montée ce matin en compagnie de Magdalena, son amie et orthopédagogue, que Michel surnommait *la Grande Italienne*. Une femme racée, à couper le souffle.

D'habitude, il aimait bien cette fête annuelle. Ses dattes farcies au bleu de Saint-Benoît, qu'il achetait en passant au magasin de l'abbaye, remportaient toujours un vif succès. Toutefois, cette année, il craignait de mal répondre à l'obligation de faire bonne figure.

Le trille final de la cadence beethovenienne s'éleva dans l'habitacle, moment vibratoire inouï. Wilhelm Backhaus frôlait ici l'état de grâce. Michel s'extasia un instant, l'esprit libéré par la musique. Le courant d'air qui s'engouffrait dans la voiture chassa toutes les scories qui obstruaient la caisse de résonance qu'il avait entre les deux oreilles. Détendu et ne pensant plus à rien, il put jouir sans entraves de sa superbe maîtrise du volant jusqu'au chemin du lac Massawippi.

Sa maison – en fait, celle de sa femme – était une ancienne école redressée et retapée à l'aide de poutres et de planches grises récupérées d'une grange abandonnée. Sa voiture s'engagea doucement sur la route de terre encore crevassée par les gels et les fontes, et déboucha une centaine de mètres plus loin sur le gravier de l'entrée principale. Il débarqua et s'étira, sautillant pour se désankyloser. Tout était tranquille et silencieux, à la manière de la campagne où les bruissements fourmillent. Il écouta le vent passer son archet sur les branches des sureaux et entendit derrière lui s'ébrouer une famille de dindons sauvages. La barrière du sentier qui longeait le côté de la maison était ouverte. Les deux femmes devaient être au jardin, profitant du couchant.

Elles ne le virent pas tout de suite. Il les observa un instant du coin de la maison. La Grande Italienne était bien calée dans son Adirondack, ses longues jambes croisées, souriant distraitement, telle une papesse, un verre de rosé à la main. Simone lui parlait avec ferveur, visage enthousiaste. La femme de Michel avait beau être assise à la même hauteur que son amie, elle donnait l'impression d'être à ses pieds et de faire cercle à elle seule autour d'elle.

— Bonsoir !

— Oh, tu es là ? Assieds-toi, je t'apporte un verre.

Simone fila à la cuisine avec empressement. Michel resta debout. Il n'avait pas envie de s'asseoir. Magdalena leva le sourcil vers lui.

— Ça va ?

Elle avait une voix d'alto qui venait du ventre, là où ça compte, et non de la gorge, là où ça prétend.

— Je descends de voiture, dit-il, je ne suis pas encore tout à fait là.

Magdalena sourit en l'observant. Son regard amusé et scrutateur semblait lui dire : « Gare à toi si tu plonges dedans, car je vois clair dans ton jeu. » L'ironie vous laisse le don Juan bien nu. La première fois qu'il avait tenté de la séduire, elle lui avait tout de suite opposé ces yeux moqueurs. Depuis, l'attirance diffuse qu'il éprouvait pour elle s'accompagnait d'une vague inquiétude.

Simone réapparut et lui tendit un verre de rosé en marmonnant quelque chose, mais il n'écoutait pas. L'air commençait à fraîchir. Le rosé n'était pas idéal.

— Pardon ?

— Les Hébert arrivent ce soir. Ils vont camper dans le champ de blé d'Inde. Une idée de leurs enfants.

Simone reprit place dans son Adirondack. Il y en avait six, installés en demi-lune au centre du jardin, lui-même délimité par dix-huit arbres fruitiers. Michel les avait tous plantés, un à un, à chaque anniversaire d'Emma, leur fille. Certains bourgeonnaient déjà et seraient bientôt en fleurs.

Rien ne se passa pendant un moment. On n'entendait plus ni pépiements d'oiseaux, ni bourdonnements d'insectes. Le crépuscule lui-même semblait suspendu. Quelque chose n'allait pas. Michel avait l'impression d'interrompre une conversation.

— Je vais faire un tour à la rivière, annonça-t-il.

Michel vida son verre et s'éloigna d'un pas rapide. Il traversa le champ de blé d'Inde au bout duquel la rivière serpentait paresseusement. Une fois, en ondes, il avait dit ça, « blé d'Inde ». Les courriels le traitant de ringard n'avaient pas tardé.

— Y en a plus de blé d'Inde, on a juste du maïs à c't'heure, avait expliqué le fermier à qui ils louaient le champ.

— Dommage, le blé d'Inde était tellement meilleur.

Une rangée d'aubépines, dont les branches épineuses se nuisaient les unes les autres, marquait la dénivellation qui bornait la propriété. Cette dénivellation protégeait le champ de la zone inondable, encore très boueuse, où la rivière faisait son lit.

La famille de Simone possédait cette terre depuis quatre générations. Ce qui n'empêchait pas Michel de s'y sentir totalement chez lui. Ti-cul d'un troisième étage de Rosemont et d'une ruelle d'asphalte, il était tombé amoureux de cet endroit en même temps que de Simone. Il n'aurait jamais avoué ça tout haut, mais il ne s'identifiait pas à la ville. Il avait beau être natif de Montréal, la métropole était un carrousel perpétuellement transitoire, qui promettait tout à ceux qu'elle séduisait et dont elle s'alimentait durant quelques saisons, mais tôt ou tard le réseau urbain se révélait un circuit fermé. On ne s'enracine pas dans l'asphalte, pensait-il, conscient de faire un petit Foglia de lui-même avec une vieillerie d'humaniste.

C'est ici, au bout de ce champ, à l'ombre des aubépines et des remous de la rivière, qu'il avait découvert ce que signifiait habiter pleinement un paysage. Si Simone et lui se séparaient, il perdrait tout ça, l'eau, l'espace, l'horizon, le blé d'Inde, et les dix-huit arbres fruitiers plantés avec amour dans le jardin. Emma allait célébrer ses dix-neuf ans au début de juin. Il songeait à un abricotier cette année. Il y avait maintenant des espèces résistantes.

Michel tourna la tête vers l'Hippopotame, petit mont abrupt dont le profil au loin évoquait effectivement un hippopotame. Là, le ciel était déjà noir. Cinq minutes encore et l'obscurité gagnerait la rivière et le champ. Il était temps de rentrer.

La large fenestration de la cuisine cadrait parfaitement Magdalena. Michel ralentit le pas. L'éclairage tamisé donnait à la Grande Italienne une magnificence théâtrale. Il la voyait de dos devant la cuisinière, penchée sur ce qui mijotait dans le chaudron. Le bleu du gaz jouait dans ses cheveux et auréolait ses hanches. Soudain, comme une excroissance poussant sur son épaule, émergea la tête de Simone. On aurait dit deux siamoises liées jusqu'au cou. Simone souriait, aux anges, toute menue, blottie, nichée tout entière au creux du corps de la Grande Italienne.

Michel cessa de respirer et s'enfonça dans l'ombre de la maison. Son cœur battait à tout rompre. Il s'essuya le front de la paume. Puis, revenu du premier choc, il constata avec effarement qu'il n'éprouvait rien. En tout cas, rien qu'il eut pu nommer.

« Ça y est, je suis mort », se dit-il.

Pourtant, les battements de son cœur claquaient tels des coups de fouet à ses propres oreilles. « Je suis en train de me vider de mon sang. » Il serra le poing pour se fâcher et jura entre ses dents.

— Quelle merde ! Quelle ostie de grosse crisse de merde !

Sauf qu'il n'éprouvait pas de colère. Peut-être avait-il de la peine ? Si oui, elle était bien enfouie. Il se prit la tête entre les mains. Cela lui rappela qu'il serait bientôt temps de se faire couper les cheveux très court pour la belle saison. Détournement de pensée ridicule ; il nageait en plein déni. Il refusait de voir ce qu'il voyait. « Réagis, bordel ! Ne reste pas là à les épier ! Fais quelque chose ! » Mais quoi ? Et comment ? Pour quoi faire ? Devait-il entrer et tempêter ? Exiger des explications d'un air offensé ? Agir comme si de rien n'était et passer à table en parlant d'autre chose ?

Il marcha jusqu'à l'avant de la maison en faisant tinter ses clés de voiture entre ses doigts. Il s'installa derrière le volant, mais il laissa la portière ouverte. Il n'avait plus l'énergie de la refermer. La portière faisait ding, ding, rappelant le bruit de ses clés. Figé là, il ne distingua bientôt plus rien, un voile laiteux venait de tomber sur ses yeux.

« Il faut annuler la fête. Je ne peux pas recevoir nos amis comme ça. Il faut que Simone téléphone aux Hébert. » Il sortit de la voiture, referma doucement la portière, leva les yeux vers le ciel sombre pour s'assurer qu'il le voyait toujours et franchit les quelques mètres qui le séparaient de la maison. Son pas était chancelant, comme s'il avait bu. Il fit du bruit en entrant pour bien signaler sa présence.

Il s'arrêta au seuil de la cuisine. Les deux femmes se trouvaient à bonne distance l'une de l'autre, dos à dos. Simone, à gauche, touillait et Magdalena regardait dehors, à droite.

— Chaudrée de moules et turbot, annonça Simone en soulevant son chaudron.

Elle le déposa sur la table et parsema le plat d'herbes ciselées. Elle ne souriait pas, mais son regard avait un petit quelque chose de content qui lui donnait l'air de sourire quand même.

— Ça sent bon, dit Magdalena en s'approchant.

Michel s'assit et remarqua qu'il n'y avait que trois couverts.

— Emma a téléphoné pendant ta promenade, elle ne viendra pas en fin de semaine. Quelque chose au cégep, demain.

— Un samedi ?

— Une fête avec ses amis.

Simone plongea la louche dans la chaudrée fumante. Ainsi donc, Emma ne serait pas là. Simone servit. Ça sentait vraiment bon. Magdalena versa le vin. Michel prit la baguette et la rompit.

Puis tout partit à vau-l'eau.

3

Deux semaines plus tard, le père de Magdalena mourut subitement en Toscane. Âgé de soixante-trois ans, il laissait une villa à flanc de coteau; un espace humble, mais vénérable, qu'il avait remis en état de ses mains.

M. Massi avait immigré au Québec tout seul à dix-sept ans et s'était rapidement trouvé une épouse, un foyer et du travail dans la construction. À cinquante ans, ayant gravi tous les échelons, il était à la tête de l'entreprise et, l'ayant rachetée, lui avait donné son nom. Il avait fait ce qu'il avait à faire et se sentait satisfait pour la première fois de sa vie. Sa famille était élevée, son fils prenait la relève des affaires, et ses deux filles étaient instruites. Plus diplômées, à dire vrai, qu'il n'aurait jamais osé l'imaginer ou même le croire raisonnable.

Mais paradoxalement, sa réussite avait sonné le glas de son existence d'homme utile. Sa femme, son devoir d'épouse et de mère accompli, l'avait quitté. La peur de vieillir seul ici à cause des *maudites féministes* l'avait envahi. Il s'était mis à rêver de retraite en son pays natal. «Là-bas, les femmes sont encore de vraies femmes», disait-il en ne sachant pas trop lui-même ce qu'il entendait par là. À soixante ans, il s'était décidé. Il avait liquidé une moitié de ses actions de l'entreprise, partagé l'autre entre ses trois enfants, et cédé la direction à son fils. Il avait retiré ses REER et s'était acheté cette villa en Toscane. Et voilà que, à peine trois ans après, son cœur flanchait bêtement.

Magdalena réagit à la mort de son père de façon tout aussi soudaine et foudroyante. Cette villa, il lui fallait impérativement l'habiter, peu importe les conséquences. Elle obtint l'année sabbatique à laquelle elle avait droit. Quelques jours plus tard, elle entra dans le bureau de Simone. C'était la récréation. La secrétaire était en pause. Elle avait dix minutes pour s'expliquer.

— Voudrais-tu passer l'année là-bas avec moi?

Simone reçut la proposition comme une demande en mariage et dit oui à l'instant. Il ne fut même pas question d'hésiter ou de chipoter sur les détails et les complications.

— Tu es sûre? Tu ne veux pas prendre le temps de peser ta décision?

Cette décision ne pesait rien du tout. Une plume.

— Je veux vivre avec toi, Magdalena.

Elles étaient collègues depuis trois ans. Elles avaient été d'abord complices, puis amies, avant que leur mutualité se transmue en désir et mûrisse en amour. Magdalena, lesbienne depuis l'adolescence, n'avait rien initié, autant par discrétion personnelle que par peur d'être rejetée par Simone, et elle s'était montrée aussi surprise que cette dernière quand l'alchimie des corps avait produit son or : un premier baiser non délibéré et presque accidentel, mais bouleversant.

La rencontre des deux femmes n'aurait jamais eu lieu sans une sainte colère que Simone avait piquée lors d'une réunion des commissaires. Au point « Divers » de l'ordre du jour, elle avait fait irruption dans la salle de conférence et avait pris à partie un bureaucrate à la barbe poivre et sel taillée avec un soin compulsif qui soulignait un peu trop le parfait pourtour de ses lèvres roses. Simone avait exposé son problème avec un superbe aplomb. Depuis des années, elle faisait des pieds et des mains pour obtenir plus de services pour son école qui peinait pour accueillir nombre d'enfants en difficulté d'apprentissage, d'intégration ou de comportement. Et depuis des années, ce bureaucrate lui répondait qu'il travaillait très fort à lancer des *chantiers de réflexion* s'ouvrant sur des *dossiers de cheminement* qui revenaient des mois plus tard à son bureau où il pouvait les *communiquer* avec le sentiment du devoir accompli avant que ce soit tabletté. Mériter ainsi son haut salaire le dispensait évidemment d'écouter ces êtres débordés qui sont sur le terrain. Simone avait conclu son exposé, le poing sur la table.

— Là, c'est assez, on règle ça ce soir !

Deux commissaires particulièrement impressionnés s'étaient écriés : « Ça n'a pas de bon sens ! On brûle nos profs ! » Le commissaire qui présidait la réunion avait cru bon d'user d'autorité en regardant le bureaucrate droit dans les yeux : « Fais quelque chose. »

Une semaine plus tard, Magdalena avait débarqué à l'école avec une tâche hebdomadaire de quatre demi-journées, de quoi faire des jaloux dans les écoles avoisinantes. Simone s'était chargée personnellement de lui dénicher un espace de travail en vidant un minuscule local où s'entassaient fournitures et objets perdus par les enfants – véritable site d'enfouissement de mitaines, tuques, bottes, habits de neige et même de caleçons pas toujours propres. Elle avait confié la décoration des lieux à un groupe d'élèves doués pour les arts plastiques. Quand la Grande Italienne avait découvert son espace de travail, elle s'était penchée vers les petits décorateurs avec des yeux brillants et avait murmuré *merci* d'une voix rauque. Simone, la voyant si émue, lui avait tendu gravement la main.

Bien que cet amour soit maintenant déclaré, Michel et Simone continuaient à vivre ensemble à Montréal, pour l'instant. Ils avaient pris cette décision à cause d'Emma qui ne savait rien de ce qui se passait, du moins le croyaient-ils. La maison était grande et il y avait moyen de ne pas se marcher sur les pieds. Michel parla d'insomnie saisonnière quand Emma lui demanda pourquoi il dormait au sous-sol et, quand Simone restait toute la nuit chez Magdalena, ce qui arrivait une fois ou deux par semaine, la version autorisée voulait que ce soit en raison d'obligations scolaires, ce qui n'avait guère de sens.

Le premier soir de mai, on soupa en famille et en quasi-silence. Quand Emma se leva pour débarrasser la table et faire la vaisselle, Simone proposa une promenade à Michel. À peine sur le trottoir, elle lui annonça qu'elle partait un an en Italie à la fin du mois. Michel, déjà ébranlé et diminué dans une région mal blindée de son être, finit de tomber des nues.

— Tu pars ? Tu disparais comme ça ? Avant même la fin de l'année scolaire ?

Simone lui avoua qu'elle n'avait jamais imaginé aimer et désirer aussi impérativement. C'était de l'ordre de l'appel, du sacré.

— Depuis cinq-six ans, Michel, on tient le coup avec notre semblant de couple, mais il est temps pour moi de saisir la vie au vol.

Tout cela était d'une franchise si nette et à vrai dire si brutale que Michel tourna les talons et fila, incapable d'encaisser davantage. Simone baissa les bras, le laissa s'éloigner et rentra à la maison.

Après quelques tours du pâté de maisons, il commença à considérer que l'indélicatesse de sa femme était involontaire. Elle ne cherchait pas à le blesser, elle lui disait simplement ce qui se passait. Mais c'était pire, car il ne pouvait rien lui reprocher. Même pas de l'abandonner. Ils ne faisaient plus rien ensemble. Ils vivaient côte à côte. Il aurait bien voulu être jaloux, ce qui serait dans les normes. Mais bon, lui-même ne s'était guère gêné depuis dix ans pour coucher avec toutes celles qui voulaient bien se laisser séduire. Et puis le fait qu'elle le quitte pour une femme le déstabilisait, comme si sa pulsion de rivalité ne s'appliquait pas. Si Simone l'avait quitté pour un homme, il se serait fait un plaisir de lui casser la gueule, à ce salaud.

Trois autres tours de pâté de maisons plus tard, les paroles de Simone ayant eu le temps de s'enfoncer en lui comme des cristaux aux arêtes coupantes, il se rendit à l'évidence. C'était fini. Une douleur nouvelle sourdait de son ventre, une déchirure claire. Michel ressentait enfin quelque chose.

Il rentra, épuisé, et aperçut Simone assise dans le salon, la mine basse. Emma, les yeux gonflés, se jeta dans ses bras. Elle sentait tout et on ne lui disait rien. Ils avaient décidé d'un commun accord d'attendre qu'elle finisse ses examens au cégep avant de lui parler. S'en tenant à ça, ils firent preuve d'un semblant de cohésion jusqu'à ce qu'elle monte se coucher, assommée de vaines assurances.

Le reste de la soirée se transforma en une interminable et harassante discussion. Simone voulait divorcer. Il réussit à la convaincre de patienter jusqu'à son retour d'Italie.

— Un an en Toscane ! Tu lâches tout, comme ça. Mais qu'est-ce que tu vas faire ? Comment tu vas vivre ?

Simone haussa les épaules, évoqua congé autofinancé ou non payé. Elle s'en fichait. Elle lui proposa de lui vendre sa moitié de leur maison de Montréal, mais Michel ne se voyait pas l'habiter tout seul. Il ne savait pas du tout comment il allait continuer à vivre à partir de demain de toute façon. Il s'engagea à mettre la maison en vente dès que possible et à lui faire parvenir sa moitié du fruit de la transaction. En échange, il obtint la garde de la maison de campagne. Il pourrait habiter là toute l'année, s'il le voulait, en attendant de se dénicher un pied-à-terre en ville.

Effaré par cet exercice d'inventaire, il murmura :

— C'était juste ça, nous deux ?

— Si tu penses que c'était juste ça, alors c'était juste ça, répondit Simone.

Un seul incident vraiment gênant eut lieu avant le grand départ. La fin de semaine de la mi-mai, les deux femmes s'étaient rendues à la campagne pour faire le tri des affaires de Simone. Michel n'y serait pas, il assistait le dimanche à l'assemblée générale de son association professionnelle. Malheureusement, après les ateliers du matin, il y eut une pause sandwich et il faisait si beau dehors que Michel décida de sauter l'assemblée plénière. Il prit sa voiture et fila à la campagne, s'arrêtant en chemin à une pépinière pour acheter son abricotier. Il débarqua vers quinze heures. La voiture de Magdalena était là. Il crut entendre de la musique au jardin. Il s'y rendit par le côté, ne vit personne. Jeta un regard en direction de la rivière. Rien ne bougeait par là non plus. Il entra par l'arrière. Il y avait des restes du repas du midi dans la cuisine. La musique venait d'en haut, de leur chambre. Il s'y dirigea. Erreur. Il ne put s'empêcher d'ouvrir la porte. Elles avaient dû avoir une soudaine bouffée ; elles n'avaient même pas pris la peine de se déshabiller comme il faut. Simone, la robe retroussée, ruisselait au milieu du capharnaüm de leur lit conjugal.

Un flot de sang lui monta à la tête et son corps bondit plus vite que son esprit. Michel se jeta sur elles en grognant, sans que personne ait le temps de savoir s'il voulait se fâcher ou se joindre à leurs ébats. Simone, sur la défensive, replia les jambes, l'arrêta en plein vol et le repoussa des deux pieds. En basculant en bas du lit, il s'accrocha à une poignée des cheveux de Magdalena. Entraînée dans sa chute, celle-ci roula sur lui et lui imprima l'empreinte profonde de ses ongles dans le cou et sur la gorge. Il la traita de chienne, elle le traita de cochon, et ils en vinrent aux mains, s'échangeant chacun deux gifles bien sonnantes. Le sang de Magdalena se mit à pisser et elle lança à Michel qu'il lui avait cassé le nez. Simone poussa un hurlement.

Aussitôt, la civilisation reprit le dessus. Le flot d'adrénaline se retira aussi vite qu'il avait déferlé, les laissant lessivés. Michel s'excusa d'avoir perdu les pédales. Simone, pleurant maintenant à chaudes larmes, admit que Michel n'était pas violent et qu'on pouvait classer l'affaire. Michel la remercia d'une voix sourde, il avait un bourdonnement dans l'oreille. La Grande Italienne balbutia qu'elle n'avait peut-être pas le nez cassé, mais qu'elle craignait plutôt de se réveiller demain avec des yeux de raton laveur.

— Comment on va expliquer ça à Emma ? dit Simone.

Michel alla se purger de la honte, de la culpabilité et de la frustration, trois états d'âme particulièrement contre-productifs, à grands coups de pelle dans le jardin. Il fouilla, creusa, tomba sur une grosse pierre qu'il s'acharna à déterrer, faisant un trou beaucoup plus large et profond que nécessaire. Il planta son abricotier et l'arrosa soigneusement. Puis, sans dire au revoir ni retourner à l'intérieur, il reprit le volant et rentra à Montréal.

4

Le jour suivant, Michel épluchait des légumes et Simone révisait leur stratégie. La grande annonce allait se faire à table. Emma ne devait plus tarder. Mais elle tardait. Michel sortit sur le balcon, mi-énervé, mi-inquiet. Il faisait beau, un vent doux descendait la rue. Un temps pour traîner. Elle finit par arriver beaucoup plus tard que prévu.

— Tu aurais pu nous prévenir !

— C'est quoi, votre problème ?

— Depuis une heure et demie, on t'attend pour souper !

— J'étais avec des amis. J'avais du *fun* !

Leur fille avait lancé ça de façon suffisamment vindicative pour leur fermer la gueule. Ils ne pouvaient guère lui reprocher de vouloir s'amuser, ce qui avait plus de chances de se produire hors de la maison.

Michel et Simone n'avaient pas faim, mais se rassembler autour de la table faisait partie du plan. Le potage, principalement à base de racines, était d'un jaune un peu pâlot.

Pour en rehausser la couleur, Michel le parsema d'un mélange de petits pois et de rondelles de chorizo qu'il fit sauter rapidement. Puis il servit. Le bruit des ustensiles et des casseroles, le va-et-vient de la poivrière et du pichet d'eau, le son tour à tour rassurant et agaçant de la déglutition, tout cela créait une drôle de musique, concrète et discordante. Emma se tortillait sur sa chaise comme si elle était sanglée. Simone, assise très droite, ne portait que de minuscules cuillerées à ses lèvres. Michel engloutit son potage d'une lampée sans lever la tête. Il finit par gober tout rond une tranche de chorizo qui lui racla la gorge. Il alla pêcher dans le frigo une bouteille de blanc entamée.

— Un verre de vin, quelqu'un ?

Simone fit non de la tête. Emma ne réagit pas, à croire qu'elle n'avait pas entendu. Il se versa un plein verre et le but d'une traite. Sa fille, n'y tenant plus, se leva en repoussant son bol à peine touché et monta précipitamment dans sa chambre. Ils n'avaient rien dit qu'elle s'attendait déjà au pire. L'annonce du départ de sa mère pour l'Italie ne la surprit même pas.

Après cela, Michel sombra dans une sorte de résignation qui l'éloigna de la maison. Il rentrait tard, sortait après son émission, tournait en rond en ville, ne foutait rien. Les deux femmes avaient encore des choses à régler et des préparatifs à achever ; il préférait ne pas être dans les parages.

Il n'était pas question que Michel les conduise à l'aéroport. Par contre, on ne pouvait priver Emma de dire au revoir à sa mère. Elles prendraient donc toutes les trois un taxi. Ensuite, Emma rentrerait seule de la même façon.

— Il est peut-être temps qu'elle suive son cours de conduite et passe son permis, dit Simone.

Le vendredi matin, au moment des adieux, Michel changea d'idée et insista pour les emmener. Il téléphona à l'assistante de Manon en imitant une extinction de voix. Il avait un certain talent en ce domaine, et son aphonie sonnait vrai. L'assistante, qui devait lui trouver un remplaçant au pied levé, lui demanda s'il se rendait compte qu'il la mettait dans la merde.

— Ce ne sont pourtant pas les Michel qui manquent à Radio-Canada, dit-il, pressé de raccrocher.

La Métropolitaine n'était pas trop congestionnée et ils roulèrent sans encombre. Les formalités d'enregistrement furent rapidement expédiées et il leur resta trois quarts d'heure à perdre avant l'embarquement. Ils firent du long en large et des sauts de puce d'une boutique à l'autre. Michel acheta deux petits trucs gonflables pour le cou, dont il leur fit cadeau d'un air contrit.

Avant de franchir la zone de sécurité réservée aux passagers, mère et fille se serrèrent vivement dans leurs bras. Magdalena et Michel échangèrent un sourire résigné et poussèrent la réconciliation jusqu'à se faire la bise. Enfin, tout le monde s'enlaça – père, fille, mère et amante. Les femmes pleurèrent. Michel, les yeux secs mais brûlants, communia avec leurs larmes en léchant le salé que ses lèvres récoltèrent sur leurs joues. Juste avant de disparaître vers le point de contrôle, Simone lui glissa à l'oreille : « La vie est une affaire terrible, il ne faut pas la manquer pour tout l'or du monde. »

Père et fille traînèrent ensuite à l'aéroport et ne regagnèrent la voiture qu'à l'heure prévue du décollage. Ils quittèrent le stationnement en silence. Juste avant l'embranchement menant aux voies rapides, Michel se rangea sur l'étroit accotement. L'avion monta en s'éloignant d'eux, puis amorça un virage qui le fit pratiquement repasser au-dessus de leurs têtes.

De retour à la maison, Emma envoya divers messages. Ses pouces dansaient furieusement sur le minuscule clavier de son cellulaire. Elle textait avec dextérité, le visage concentré, en mâchouillant sa lèvre inférieure avec une espèce d'avidité. Les lettres scintillaient sur l'écran bleuâtre en s'égrenant comme des secondes. Michel s'était imaginé qu'ils passeraient la soirée à se tenir tranquillement compagnie, mais, en quelques minutes, la bande d'amis d'Emma avait organisé une sortie pour la divertir. Elle monta se changer.

Michel prit alors conscience qu'une odeur aigre imprégnait sa chemise, une odeur de réticence qu'il ne reconnut pas comme sienne. Il eut une impression semblable à celle de celui qui se regarde dans le miroir et ne fait pas le lien entre le visage qu'il voit et son être réel. Il monta se doucher. Il ne se sentait déjà plus totalement chez lui dans cette maison. Il prendrait contact avec le courtier immobilier au plus sacrant.

La douche lui fit du bien. Revigoré, il décida de reprendre la route et de filer jusqu'aux Cantons-de-l'Est. Il frappa à la chambre d'Emma. Elle avait revêtu un jeans si moulant qu'il se demanda comment elle avait pu l'enfiler, ainsi qu'un *top* décolleté qui mettait ses seins en relief. Il garda pour lui sa réprobation. Il n'aimait pas que sa fille pose son corps *en avant*, comme une sommation aux garçons de son âge ; corps-écran en trompe-l'œil. Emma aurait ri de ces considérations paternelles. Mettre son corps en valeur était pour elle une façon de s'affranchir du regard des autres. Négliger le paraître vous rend dix fois plus consciente de tout ce qui ne va pas avec vous. Alors on soigne son apparence pour ne plus être gênée et, après, on s'en fout.

Michel lui fit part de son intention. Emma hocha la tête et lui souhaita bonne fin de semaine.

— Tiens, pour le taxi, dit-il en lui donnant quarante dollars. Je ne veux pas que tu acceptes un *lift* de tes amis si vous buvez. Et téléphone-moi ce soir dès que tu rentres.

— Il va être tard, je t'appellerai demain matin.

— Emma, s'il te plaît ! De toute façon, je ne dormirai pas.

Il emporta avec lui son ordinateur ainsi qu'une épaisse enveloppe matelassée qui contenait divers documents de préparation que Stéphanie, la petite recherchiste, lui avait imprimés. Il démarra en branchant son iPod syntonisé en mode aléatoire. *Gimme Shelter*. Les bons vieux Rolling Stones, toujours là quand on a besoin de rester éveillé. Il se demanda à quand remontait sa dernière fin de semaine seul. Il ne s'en souvenait pas.

5

Il ne se passa rien d'inhabituel à la campagne. Il fit une longue promenade le samedi et se réjouit de l'allure déjà altière de son abricotier. Le dimanche, la pluie se mit à tomber peu avant midi et il resta à lire, allongé sur le sofa, une bûche dans le feu, un verre de vin à portée de main. La pluie commença par une petite grisaille coulant d'un ciel discret pour s'intensifier graduellement en fin de journée. Le lundi matin, quand Michel prit la route, il faisait un temps de cochon, et la pile de son cellulaire était morte. Pluie diluvienne, embouteillage dû à un capotage et visibilité nulle jusqu'à Radio-Canada. Il serait sérieusement en retard. Il ne pourrait même pas passer à la maison dire bonjour à Emma.

Il repéra une place au fond du stationnement et courut jusqu'à l'entrée de côté de l'édifice en évitant les flaques. Il s'ébroua à l'intérieur, trempé, et s'aperçut qu'il avait laissé sa carte magnétique dans la boîte à gants. Tant pis. Il traversa le long hall latéral jusqu'à l'entrée principale où le réceptionniste, toujours aussi accueillant et chaleureux, actionna l'ouverture en trouvant un bon mot. «Ah, Michel, je reconnais bien le reporter en vous : toujours prêt à se mouiller.»

La grande horloge au-dessus de la réception indiquait dix heures cinquante. Son équipe l'attendait depuis dix heures. Incroyable. En plus, Michel n'était pas prêt du tout pour l'entrevue qui le guettait, celle d'un éditorialiste *plate* de la presse écrite qui venait de publier *L'idée systémique*. L'essai lui était littéralement tombé des mains la veille et il s'était rabattu sur le résumé de la petite Stéphanie, dont les notes de recherche étaient toujours impeccables. Engagée par contrat, la jeune femme s'était rendue rapidement indispensable. Michel, qu'elle admirait et observait en ondes les yeux brillants, avait insisté pour qu'elle intègre l'équipe.

Il débarqua à l'étage radio le souffle court et croisa Splash, la très épuisante animatrice du magazine *Zoo Bar Café*.

— Maudit pays de cul, lança-t-elle. As-tu vu mes souliers ? J'ai passé mon *show* les pieds dans l'eau ! Je vais être malade !

Le ciel mat et opaque ayant créé un effet de camouflage sur la chaussée, elle n'avait pas vu la véritable mare devant le débarcadère des taxis. Michel allait lui dire qu'elle aurait pu enlever ses souliers et faire son émission pieds nus, mais la bien-nommée Splash s'était déjà évaporée, laissant dans son sillage un vortex d'humeur poisseuse qui éclaboussa Michel d'une boue aussi corrosive qu'une rouille de vivre. Son système de défense dans ces corridors était à repenser.

Avant, ces *empoissements* glissaient sur lui comme sur le dos d'un canard, mais plus maintenant. L'automne dernier, lors de son examen médical annuel, il s'était ouvert à demi-mot de cette déplorable porosité aux vibrations ambiantes.

— Un rien m'atteint, docteur, même les petites manies de mes collègues me tapent sur les nerfs.

Son médecin l'avait écouté avec bienveillance et avait exprimé sa solidarité masculine en lui recommandant de ne pas trop s'en faire. Il y avait peut-être tout simplement des problèmes de ventilation à Radio-Canada.

— Plus nous vieillissons, lui avait-il dit, moins nous sommes capables d'ignorer que nous sommes fragiles. Un peu plus de sport ou d'exercice ne vous ferait pas de mal.

— Autrement dit, l'âme grisonne plus vite que les cheveux, avait répondu Michel.

Le docteur Gladu, qui était plus âgé que lui, s'était incliné en désignant son crâne chauve et luisant.

— Si c'était le cas, je n'aurais déjà plus d'âme du tout. Pour l'instant, on va s'occuper de vos cinquante ans comme il se doit. Baissez votre pantalon et votre sous-vêtement, et allongez-vous sur le côté gauche.

Peu après, Michel avait appris qu'il avait une très jolie petite prostate.

Sa chère *réale* arpentait le corridor quand il arriva en vue de la salle de réunion. Elle lui ouvrit la porte en jouant irrévérencieusement la boniche. Marc, ex-collègue et ami promu depuis peu, le toisa d'un œil désapprobateur. Michel fit semblant de ne pas le remarquer. La promotion de Marc entachait déjà l'esprit de camaraderie qu'ils avaient développé au fil des cinq à sept. Au bout de la table, l'adjoint à la programmation, qui ne savait pas où donner de la tête avec les cotes d'écoute et les parts de marché, cachait de plus en plus mal qu'il songeait à le tasser. Même si l'émission était toujours aussi populaire, l'adjoint estimait qu'un renouvellement les *positionnerait stratégiquement*. Michel s'assit en face de lui à l'autre bout de la table. Il y eut un silence. Stéphanie, en retrait dans le coin, retenait son souffle et n'osait plus bouger.

— Michel, dit Manon le plus doucement possible, je pense qu'on attend tes excuses.

— C'est mon premier retard depuis combien de temps?

— Tu aurais pu prévenir, ajouta Marc.

Ah, il devait s'excuser de ne pas les avoir prévenus! Mais comment aurait-il pu les prévenir de ce qu'il n'avait pas prévu? Son retard était-il donc perçu comme un acte manqué? Et oublier de recharger la pile de son cellulaire, un moyen inconscient de se rendre inaccessible? Allons donc, il n'était pas responsable du déluge qui s'était abattu, ni des bouchons de circulation sur l'autoroute des Cantons-de-l'Est, ni de la congestion sur les ponts Champlain, Victoria et Jacques-Cartier contre laquelle il n'y avait absolument rien à faire.

— Hervé, lança-t-il en se tournant vers son collègue à la circulation, tu pourrais leur faire un petit topo de l'état des routes depuis ce matin?

— Bon, bon, bon, temporisa Marc. L'important, c'est que tu es là. On a peu de temps. Oublions ça. Après tout, on compose tous avec les perturbations de nos vies personnelles.

— Mon retard n'a rien à voir avec ma vie personnelle.

— On est tes amis, Michel, reprit Manon. On s'inquiétait.

Il explosa.

— Bon, je suis en retard! Je n'ai pas pu prévenir, mon cellulaire est mort. Et je ne voulais pas m'arrêter en chemin pour téléphoner parce que j'étais pressé et qu'il faisait un temps d'ostie de grosse crisse de merde! Ça arrive! Je m'excuse! C'est correct?

Il gela tout le monde. Stéphanie cessa de respirer et devint pratiquement invisible. Manon le fixa, stupéfaite. L'adjoint à la programmation se mit à triturer les petites peaux desséchées autour de ses ongles. Marc le considéra pensivement en se demandant s'il ne conviendrait pas de l'inviter à prendre un verre après le boulot.

Michel revit soudain toutes ces réunions qu'il s'était tapées. Les tours de table pour préparer ses émissions, les sauts de puce au micro du collègue du midi pour annoncer son menu; les entrevues en différé réalisées à toute heure du jour et parfois de la nuit, les chicanes de corridor au sujet de l'ordre et de la durée des interventions des chroniqueurs, les reportages anecdotiques imposés par l'actualité ou les pressions, les débats d'opinion recouvrant les luttes de pouvoir. Des années passées à être occupé, sollicité, accaparé, achalandé; devant décider de tout mais ne choisissant rien, tapi dans sa caverne devant l'ombre de son auditeur idéal. Tout ça pour alimenter les fontaines sémillantes de l'information jusqu'à plus soif.

Stéphanie leva la main comme à l'école et demanda une pause. Bonne idée. Michel se réfugia dans les toilettes. Seul devant l'urinoir, il se soulagea longuement, ce qui l'aida à retrouver un certain calme. Pendant l'opération, Dieu sait pourquoi, il repensa à l'album de photos de son enfance. Il se souvint de deux photos d'une journée mémorable au parc La Fontaine, l'une au Jardin des merveilles avec sa mère et l'éléphant, l'autre avec son père sur le terrain de balle molle, gant à la main. Où était donc cet album ? Il avait résisté à la tentation de jeter tout ça après la mort de ses parents, hésité entre faire le ménage et faire place nette. Remisée, sa vie avant Simone. « Pourtant, songea-t-il, c'est toujours le bordel. »

En sortant des toilettes, il buta contre Stéphanie qui l'attendait. Il lui fit face avec une certaine appréhension, craignant une invitation. Ils avaient couché ensemble à trois reprises depuis qu'elle avait été engagée l'automne dernier. Elle était singulièrement terre à terre avec le sexe. Elle l'avait abordé la première fois en lui disant : « Qu'est-ce que tu fais après l'émission ? Je n'ai pas de *fuck friend* ces temps-ci. »

Michel, qui se faisait qualifier de *fuck friend* pour la première fois, était resté interdit une seconde. Il trouvait cette proposition d'amitié érotique bien prosaïque, mais assez excitante malgré tout. Ils avaient fait l'amour avec une piquante complémentarité, mélange de son absence d'inhibition à elle et de sa maturité carencée à lui. Elle savait ce qu'elle voulait – un bon moment sans lendemain –, et surtout ce qu'elle ne voulait pas – un lendemain compliqué.

— Le sexe sert à passer le temps, disait-elle. Le problème avec les attaches, c'est que le temps ne les fait pas passer ; au contraire, il les incruste.

Michel avait souri devant tant de naïveté. La sexualité était pour lui un outil de connaissance de soi dans la rencontre de l'autre. Une manière d'entrevue, finalement.

Mais, cette fois-ci, il ne s'agissait pas de ça.

— Michel, qu'est-ce que tu penses de *L'idée systémique* ?

— L'ennui absolu.

— Et sur le fond ?

— De la nourriture pour bébé, répondit-il en haussant les épaules.

— Quand même, il me semble que…

Elle hésita, hochant la tête et regardant autour d'elle comme si elle craignait l'indiscrétion. Michel tapota sa montre.

— Stéphanie, je les ai fait suffisamment attendre aujourd'hui. Dis ce que tu as à dire.

— Il y a tellement de choses importantes qu'on occulte, faute de temps. Pourquoi lui faire de la place à lui qui a déjà sa tribune ?

Michel comprenait son indignation, mais qu'y pouvait-il ? Il passa son bras autour de la jeune femme et regagna la salle de réunion en l'invitant à ne pas laisser la bêtise lui saper le moral.

Manon lui tendit une mise à l'heure du menu de son émission. S'il tenait à annoncer son programme en personne, il devait se dépêcher. Il partit au pas de course. Il aurait pu présenter ce contenu à distance, de son propre micro. Mais il aimait faire acte de présence au studio du midi, ne serait-ce que pour saluer ses camarades en passant. Il arriva tout essoufflé, sauta sur les écouteurs et énuméra les sujets à venir à son émission. Un vrai pro.

Michel s'était longtemps enivré du rythme du travail journalistique. Comme toutes les passions, il s'y était consacré de tout cœur, sans compter, jusqu'au jour où, les années s'accumulant, il avait commencé à estimer qu'il avait donné plus qu'il avait reçu. Emma avait alors six ans. Il allait et venait, toujours en reportage ici et là, souvent à l'étranger. «Ceux qui contrôlent votre temps contrôlent votre vie», lui avait dit une fois un spécialiste des relations de travail. Quand on lui avait proposé de devenir animateur, il avait accepté sans regret.

Autour du noyau de l'équipe de l'émission s'affairaient d'autres recherchistes, coordonnateurs, reporters, responsables de ceci et de cela, assistants, stagiaires. Tous des passionnés en qui il se reconnaissait. Sans oublier les collaborateurs extérieurs, journalistes venus de l'écrit. Les meilleurs d'entre eux – de vieux singes et de vieilles guenons sceptiques et intègres – se démarquaient par leur sens de l'histoire, leur capacité de synthèse, la force des liens qu'ils tissaient entre les événements et le tranchant de leur verbe. Les accueillir à son micro était une sinécure, il n'avait qu'à mettre la table et à les écouter. Le prix à payer pour ces moments de lumière, c'étaient les platitudes de l'éditorialiste qu'il recevrait bientôt. Michel éprouvait peu de respect pour son invité parce qu'il n'avait jamais été un *vrai* journaliste. Il n'avait fait que de l'opinion toute sa vie, penchant de plus en plus à droite et pissant de plus en plus de vinaigre. Les *vrais* journalistes, selon Michel, conservaient leur instinct de résistance devant les mécanismes de pouvoir, et ce, même quand ils s'engageaient en politique.

Quand il n'aimait pas un invité, Michel usait d'une technique d'écoute passive. Il s'adossait, les doigts joints sur l'estomac, et regardait les lèvres bouger, feignant de s'intéresser. Tandis que les paroles entraient par une oreille et ressortaient par l'autre, il réglait mille questions de vie pratique. « Qu'est-ce que je fais pour souper ce soir? Est-ce qu'Emma sera là? » Son sixième sens et une certaine capacité à lire sur les lèvres l'alertaient aussitôt qu'une formule ou un mot de trop de son vis-à-vis lui permettait d'hameçonner l'imbécile.

Michel s'installa pendant l'indicatif musical qu'il n'aimait pas en répétant à mi-voix ses trois exercices de diction. Puis son voyant lumineux s'alluma et Manon lui fit signe.

— Bon après-midi, chers auditeurs, dit-il en ajustant ses écouteurs sur ses oreilles. Aujourd'hui, au menu…

Aussitôt qu'il s'entendit, il sut que sa voix le trahirait. À la radio, votre discours vous voile, mais votre voix vous révèle. Son timbre avait quelque chose de vacillant que son auditeur idéal ne manquerait pas de déceler.

L'entrevue de l'éditorialiste *plate* se déroula comme elle se déroula.

— Le monde des idées étant du domaine de l'humain, le titre de votre ouvrage a quelque chose d'intrigant. *L'idée systémique.*

— Oui, un système est un appareil, un dispositif, un mécanisme. Et une idée, une émanation de l'esprit. Mais on a besoin d'un système pour penser. Sinon on pense dans le vide.

— Vous y faites l'éloge de ce qui apparaît comme le système idéal, le nôtre.

— Je ne dirais pas que notre système est idéal. Je ne défends pas la fin de l'histoire. Cependant, voyez-vous, le système s'est mis en place avant qu'on vienne au monde. Il nous précède et il a été l'objet de nombreux ajustements. Si bien que nous en faisons partie de naissance, qu'on le veuille ou non. Il peut nous servir dans la mesure où nous nous en servons. C'est à nous d'en profiter et de l'investir de nos idées.

— Pourtant, le recul critique exige qu'on puisse penser les systèmes de l'extérieur.

— On peut toujours penser en dehors du système, mais ça ne donne rien. La critique n'est pas l'action. Il faut dépasser les rapports de force. Collaborer au système ne veut pas dire abdiquer sa liberté de penser. Au contraire. Pour faire avancer ses idées, il faut commencer par les mettre sur la table. Et pour ça, il faut y prendre sa place. Résister ou s'opposer au système, c'est s'exclure soi-même.

— Aux conflits sociaux, vous préférez la gestion de crise ; et aux rapports de force, les compromis et le cadre légal. On en revient toujours aux mécanismes internes du pouvoir. Par contre, il me semble que vous passez un peu vite sur le rôle de la société civile. Elle fait pourtant partie du cadre, non?

— Je ne pense pas être réfractaire aux contre-pouvoirs. Sauf qu'on voit bien que les groupes communautaires, les mouvements écologistes et sociaux – subventionnés par le système d'ailleurs – bloquent les projets. On veut bien des chiens de garde, ne serait-ce que pour permettre de sains exercices de consultation, mais pas des bâtons dans les roues.

— Autrement dit, si personne ne s'oppose au système, les conflits n'existent pas. Ce qui revient à accuser la société civile d'être responsable des failles du système.

— Les failles du système ont des causes mécaniques. C'est facile à régler. Seuls les hommes sont ingérables et contradictoires parce qu'ils virent au gré de leurs intérêts.

— Vous répétez la même chose à propos de la corruption: ce sont les hommes qui corrompent, pas les systèmes. Mais les lobbys, alors? C'est de l'hommerie, ça aussi?

— Soyons lucides, Michel. Derrière chacun des scandales financiers à haute échelle qui ont secoué le monde ces dernières années, on trouve un homme qui dérape.

— Un homme qui généralement connaît bien les rouages du système.

— C'est bien la preuve qu'on ne peut plus y échapper. Il est temps de se rallier. Oublions nos grands mythes de libération. C'est réglé. Les femmes sont libres, Montréal est festive, le Cirque du Soleil est à Dubaï, on fait de l'argent avec l'Alberta, et la jeunesse est mondialisée. Tout va bien. Passons à autre chose.

— Et cet autre chose, c'est… ?

— La croissance. La compétitivité. L'exploitation de nos ressources. La Chine. Ça presse. Pendant qu'on reste sur le quai de gare à se questionner, nos voisins et concurrents montent dans le train et filent à toute vitesse.

— Mais on peut quand même se demander où s'en va le train. S'il fonce droit dans le mur, il est peut-être plus sage de rester sur le quai.

— Le seul mur auquel nous faisons face pour l'instant, c'est l'immobilisme.

— Ah, l'immobilisme ! Dans votre conclusion, vous débouchez sur un autre paradoxe : le conservatisme au Québec serait le fait des progressistes.

— Oui, puisqu'ils se voient comme les gardiens d'un modèle périmé qu'ils s'obstinent à vouloir conserver. *L'idée systémique* ne défend pas la machine contre les humains. Il défend la richesse. Au nom du bien commun, les progressistes se méfient du progrès. Cherchez l'erreur.

Il énuméra alors quelques grands projets qui faisaient les manchettes en raison des tensions qu'ils suscitaient dans la population. Michel cessa de jouer au *debater* et se contenta de hocher la tête, posant ici une question complaisante et ponctuant là une assertion d'un « hum ». L'éditorialiste suivait sa ligne. On entendait la firme de relations publiques et les arguments de vente. Affligé, Michel se demanda à combien de platitudes par semaine il devrait se limiter désormais pour rester sain d'esprit.

« Qu'est-ce que je fous ici ? Pourquoi ne suis-je pas dans mon champ de blé d'Inde ? Pourquoi Simone et moi, on ne s'est pas battus pour sauver notre couple quand il en était encore temps ? Était-elle travaillée depuis longtemps par sa réorientation sexuelle ou est-ce simplement une désorientation passagère ? Est-ce moi qui l'ai dégoûtée des hommes ? Est-ce qu'elle va revenir dans un an en regrettant ? Qu'est-ce qui tue le désir ? Comment se fait-il qu'on se réveille un matin, chassé du paradis ? »

Soudain, Michel se rendit compte que l'éditorialiste ne parlait plus et le dévisageait d'un air furieux et supplicié. Il reprit le collier comme si de rien n'était.

— Eh bien, l'auditeur qui veut tout connaître de l'immobilisme pourra se procurer *L'idée systémique* dont le lancement a lieu ce soir même.

— Absolument, à la librairie Plateforme, mais le livre est en vente depuis quelques jours déjà dans les grandes surfaces.

— Merci à vous pour cet ouvrage on ne peut plus instructif. Mais l'heure file et, sans plus attendre : Hervé, comment ça va sur nos routes ?

— Parlant d'immobilisme, Michel, répondit le chroniqueur à la circulation, je suis sur l'échangeur Turcot, et quel bouchon, mes amis, quel bouchon !

L'éditorialiste, se sentant éconduit, se leva d'un mouvement sec avant d'enlever ses écouteurs. Le fil se tendit en travers de son visage et lui fit perdre ses lunettes. Michel ferma les yeux et serra les lèvres, mais un étrange et irrépressible gloussement lui échappa, rappelant les chants de gorge inuits. Cela déclencha aussitôt le fou rire de la chroniqueuse culturelle qui attendait d'amorcer son bulletin.

De l'autre côté de la vitre, Stéphanie, pouce en l'air, le regarda avec un sourire féroce. Elle salua Michel du bout des doigts en saisissant son sac et sa veste, puis virevolta vers la sortie avec une légèreté absolument charmante.

Les dernières minutes de l'émission s'écoulèrent dans la bonne humeur et le soulagement. Marie-Ève, la chroniqueuse culturelle, y alla de ses ultimes suggestions. À la fin, Michel s'étira vigoureusement sur sa chaise à roulettes. De l'autre côté, le technicien de son acheva de tout éteindre sur sa console, et la sourde tonalité de la caverne se résorba. Michel ferma les yeux et resta assis un moment à goûter l'apaisement.

Quand il traversa côté régie, Marie-Ève s'attardait en triant divers communiqués de presse d'*événements* artistiques. Elle lui raconta une anecdote savoureuse au sujet d'une vedette.

— Il y a trop d'artistes au Québec, conclut-elle. Il doit y en avoir au moins un par famille. On fabrique autant d'artistes aujourd'hui que de curés autrefois.

— Il faut qu'ils soient nombreux parce qu'ils restent bons quinze ans, répondit-il. Après, ils commencent à se répéter et se périment d'eux-mêmes.

Elle le fixa bizarrement.

— On partage le micro depuis trois ans maintenant et je croyais te connaître.

— Moi aussi, je croyais me connaître, dit-il en décrochant son imperméable. À demain, Marie-Ève.

6

Dehors, la pluie avait cessé, mais le ciel, au lieu de s'éclaircir, semblait s'être tari. La chaussée était encore luisante de grosses flaques saumâtres. Il repéra sa voiture à l'autre bout du stationnement. Une jeune femme était appuyée contre l'aile, bras croisés, de dos. Non, Stéphanie, pas ce soir. Soudain, elle se retourna, et Michel reconnut sa fille. Emma! Il accourut en actionnant le mécanisme d'ouverture des portières de sa commande à distance. C'était la première fois qu'elle venait le rejoindre après le travail.

— Quelle belle surprise! On sort prendre un verre? À moins que tu préfères manger une bouchée. C'est comme tu veux.

— Je n'ai pas faim, dit-elle tout bas.

— Un verre, alors. Après, on verra.

Il démarra et franchit la guérite en saluant le gardien de la main et vira sur Viger en direction du centre-ville. Il avait tout de suite pensé au Newtown. Emma aimait les martinis. Le feu au coin d'Amherst – la rue, pas le salopard – devint rouge. Michel se tourna vers elle, cherchant son visage. Elle était de profil et regardait dehors, distraite par tout et rien, peut-être tracassée.

— Ça va, ma grande?

Elle hocha la tête. Le feu redevint vert.

Au Newtown, il y avait foule. Les tables étaient toutes pleines, le bar bondé, la musique percussive indistincte dans le brouhaha des conversations survoltées. Ils firent le pied de grue une dizaine de minutes en attendant une place. Devant eux, un groupe de professeurs de l'Université Concordia évoquait divers projets de vacances. Vietnam, Inde, Ontario.

Une fois assis, ils commandèrent leurs martinis. On connaissait Michel là-bas et on s'occupa d'eux rapidement. Emma remarqua que c'était la première fois qu'on ne lui demandait pas sa carte. Malgré ses presque dix-neuf ans, selon sa tenue et l'éclairage, on pouvait lui en donner seize.

— Tu n'as pas beaucoup de conversation, dit Michel avec légèreté. Ton martini est bon?

— Oui, papa.

La chaleur de l'alcool ouvrait la poitrine de Michel comme un accordéon. Attrapant l'œil de leur serveuse, il commanda deux autres martinis en levant deux doigts qu'il fit tournoyer. Puis, songeant qu'il vaudrait mieux se mettre quelque chose dans l'estomac, il dessina d'un large geste circulaire une assiette de tapas. La serveuse acquiesça.

— Papa, tu ne trouves pas ça bizarre que maman t'ait laissé pour une femme?

— Bizarre, répéta-t-il. Je ne sais pas. Désarmant, plutôt.

— Je n'ai rien vu venir.

— Moi non plus.

Michel avait bien sûr remarqué les signes entre Magdalena et Simone, les silences partagés, la sollicitude des regards, les sourires furtifs et les gestes complices, mais il avait attribué ces attentions aux amitiés féminines. Même si Simone et lui n'avaient fait l'amour qu'une vingtaine de fois tout au plus depuis cinq ans, ils avaient continué à dormir ensemble et n'avaient jamais envisagé de faire chambre à part. Peu importe la nature de leur lien, celui-ci était fort et bien réel.

Et puis, leur fille était là pour le renouer quotidiennement. Il tendit la main vers ses cheveux pour les caresser, mais ne put résister à l'envie de lui relever la frange des yeux. Emma recula gentiment pour se mettre hors de sa portée. La serveuse déposa des olives, du pain, des crevettes à la tomate, des acras de morue et les seconds martinis. Emma lorgna son verre d'un œil navré, elle se sentait déjà un peu paf. Elle aurait voulu refuser, mais, avec son père, elle ne savait pas refuser.

— Toi, Emma, ce qui arrive à ta mère, ça te fait quoi ?

— Ça n'a pas à me faire quoi que ce soit. C'est sa vie, pas la mienne, dit-elle. Mais je peux la comprendre, les gars sont tellement cons…

Michel fronça les sourcils.

— Tu parles de… voyons, comment il s'appelle ?

— Guillaume ? Non. C'est fini, Guillaume. C'est vrai qu'il était con, mais c'était juste un copain.

— Pourtant, vous faisiez l'amour, non ?

— Ah, ça !

Michel supposa que c'était précisément « ça » qui poussait sa fille à dire que les gars étaient cons. Soudain, une voix s'éleva quelque part dans son dos.

— Michel ?

Une femme d'une quarantaine d'années quitta le bar et se dirigea vers eux en se faufilant. Michel se retourna, embarrassé. La femme le salua avec effusion. Il donna le change en homme qui sait vivre. Emma, qui sentait son malaise, ressentit une grande gêne.

— Cynthia, laisse-moi te présenter ma fille, Emma. Emma, c'est Cynthia. La reconnais-tu ? Cynthia jouait la fée Perlimpinpette dans les *Ouistigouches*.

— Voyons, Michel, lança Cynthia, comment veux-tu ? C'était il y a dix ans ! Maintenant, de toute façon, je fais surtout du théâtre.

— Tu retournes à tes premières amours, dit Michel.

— Oui, mais dans un nouveau rôle. Metteure en scène.

Emma n'en revenait pas que son père ne voie pas que, en insistant ainsi sur le passé télévisuel de Cynthia, il soulignait le fait que sa carrière d'actrice s'étiolait. Cynthia l'avait bien saisi, mais elle avait eu l'élégance de ne pas s'y attarder. Pour racheter son père, Emma tendit résolument la main.

— Je suis enchantée de vous rencontrer, Cynthia. J'aime beaucoup le théâtre. Plus que la télé, à vrai dire.

— Alors je t'inviterai à notre première, cet automne, répondit Cynthia avec grâce. La prochaine fois que je suis à Radio-Can', Michel, je te laisse une invitation.

Michel sourit, le regard flottant. Cynthia reprit :

— C'est vraiment beau de te voir avec ta fille. Bonne soirée à vous deux !

Elle s'éloigna.

— Papa, est-ce qu'on risque d'en rencontrer d'autres comme elle, ici ? Si on veut avoir une conversation, on serait peut-être mieux ailleurs.

La conversation en question eut lieu au Holder dans le Vieux- Montréal. Là, Michel ne courait guère de risque de tomber sur une ancienne flamme. La brasserie, agréable et animée même le lundi, permettait tout de même d'avoir un échange véritable.

En quittant le Newtown, Michel eut le plaisir toujours renouvelé de trouver un constat d'infraction sous son essuie-glace. Il avait oublié de mettre des sous dans le par-comètre. Mais bon, deux martinis en compagnie de sa fille valaient bien quelques dollars. Ce n'est que de l'argent, se dit-il. Une dizaine de minutes plus tard, il se garait sur McGill en face du Holder.

Même s'ils n'avaient guère d'appétit après les tapas, Michel commanda une entrée de calmars parce qu'il fallait absolument que sa fille y goûte. Après trois bouchées, Emma prit son courage à deux mains et annonça à son père qu'elle souhaitait rejoindre sa mère en Italie pour l'année.

Michel ressentit un tel coup au cœur qu'il crut un instant avoir une attaque. Des bulles de fièvre éclatèrent dans son sang. Son corps se couvrit de sueur, et un picotement lancinant courut sur son crâne. Il n'entendit plus rien, sauf un orage de cillements, de battements et de tournoiements à l'intérieur de lui. Il devait s'accrocher à quelque chose : Simone avait comploté derrière son dos. Tous ses efforts de séparation à l'amiable d'homme civilisé sombraient dans un abîme de manigances.

— Ta mère est au courant ?

— Oui, je lui ai parlé hier, pendant que tu étais à la campagne.

— Ah bon ! Il ne s'agit pas d'avoir une conversation sur un souhait ! C'est un fait accompli et tu me fais l'honneur de m'informer.

Sa voix était grinçante, et sa cage thoracique lui donnait l'impression d'être en acier. Il prit son verre d'eau d'une main tremblante. Emma s'efforça de réprimer un sanglot.

La serveuse arriva avec les plats principaux, morue noire et raviolis au crabe.

— Attention aux assiettes chaudes, dit-elle distraitement. Tout va bien ici ?

Emma acquiesça du menton. Apparemment satisfaite, la serveuse repartit. Sa discrétion lui vaudrait un excellent pourboire.

— C'est les circonstances, reprit Emma.

— Quoi, les circonstances ?

— Le départ de maman pour l'Italie. Le fait que je viens de terminer mon cégep. Tout ça en même temps.

— Tu peux passer l'été là-bas, Emma, mais pas l'année. Tu es inscrite à l'université.

— Il fallait s'inscrire cet hiver, je me suis inscrite. À ce moment-là, je ne pouvais pas savoir.

— Le fait que ta mère soit partie avec Magdalena change quoi à ton avenir ?

— Tu ne comprends rien, ce n'est pas ça. Je… je ne sais plus si je veux aller en médecine.

— Mais oui, tu le sais ! Tu es inscrite !

— Papa ! Je sais mieux que toi ce que je sais et ce que je ne sais pas !

Elle avait chuchoté avec véhémence. Michel regarda sa morue noire. C'était un crime de laisser figer ça dans l'assiette.

— Ta mère est au courant depuis quand ?

— Je lui ai parlé hier au téléphone, je te l'ai dit, répondit-elle lentement.

— C'est elle qui a lancé l'idée ? C'est ça ?

Quelques clients du restaurant leur jetèrent des coups d'œil circonspects.

— Papa, calme-toi ! Tu cries ! dit Emma entre les dents.

— On s'en va, annonça-t-il en repoussant son assiette.

Emma, incapable de retenir plus longtemps ses larmes, enfouit son visage dans ses mains. Michel, qui allait se lever, interrompit son mouvement et se cala sur sa chaise, accablé. Il fixa le mur en silence. Les autres clients du Holder eurent le temps d'estimer que l'incident ne les concernait plus et qu'ils pouvaient retourner à leurs réjouissances.

— Emma, il s'agit de tes études. Je suis ton père, je ne peux pas te laisser gâcher ton avenir.

— Je ne gâche pas mon avenir. Je veux prendre un an de recul. C'est tout.

— Ta mère trouve sûrement que c'est une bonne idée…

— Papa, tu ne m'écoutes pas. Ma décision n'a rien à voir avec vos problèmes. Maman m'a téléphoné dimanche pour me dire qu'elle était arrivée saine et sauve, et que c'était le paradis là-bas. Elle m'a demandé comment j'allais et je lui ai parlé de mes doutes. Et si tu n'avais pas fui à la campagne en fin de semaine, je t'en aurais parlé à toi aussi.

— Et tout à coup, comme ça, en jasant des beautés de la Toscane, l'idée de passer l'année là-bas est tombée du ciel.

— Depuis des semaines, je pense à faire une pause dans mes études. Je suis mêlée. De toute façon, qu'est-ce qui presse tant?

Michel la regarda un instant, incertain.

— Dis-moi au moins que tu n'es pas en train de décrocher.

— Franchement, papa! Et c'est toi qui me dis ça?

— Ça signifie quoi, ça, Emma?

— Tu crois que je ne te vois pas rentrer du travail comme si ça ne rimait plus à rien? Peut-être que ça te ferait du bien à toi aussi de prendre un an!

— Tu ne sais pas de quoi tu parles, ma fille. Quand tu auras près de trente ans de métier dans le corps, tu auras le droit d'être fatiguée. Moi, à ton âge, je savais ce que je voulais.

Alors même qu'il lui répondait, il saisit ce que sa fille voulait peut-être lui signifier sans le mesurer pleinement. Une espérance de vie de quatre-vingts ans vous donne le temps de vivre trois vies avant de périr complètement désabusé. Si à cinquante ans il estimait avoir fait le tour de Radio-Canada, comment allait-il donc occuper les trente prochaines années?

— Au fond, tu as peut-être raison, concéda-t-il. Qu'est-ce qui presse tant?

Sa fille lui échappait. Comme Simone. Comme tout. Mais bon. D'accord, elle voulait réfléchir. Admettons. Une pause d'un an. Pas de quoi en faire un drame. Toute cette pression à dix-huit ans. Faut-il figer son avenir si tôt dans le béton? Emma s'interrogeait, acceptait le risque. Les circonstances lui présentaient une ouverture. Pas de vie sans liberté, pas de liberté sans amour. Au moins, ils allaient pouvoir célébrer son dix-neuvième anniversaire ensemble, à la campagne avec l'abricotier, avant qu'elle s'envole. Il lui trouverait un cadeau d'anniversaire digne de son questionnement. Quelque chose qui l'aiderait, là-bas. Il eut soudainement une idée, une vraie, claire et décisive.

— Et si on se baladait deux semaines, juste toi et moi, en Italie, avant? Je louerais une voiture. Je te payerais la traite. Ensuite, je te déposerais chez ta mère.

Emma lui sauta au cou, manquant de faire basculer la table. Les clients autour d'eux, amusés, approuvèrent. Michel eut fugacement l'impression de jouer dans un téléroman. En serrant sa fille, il sentit ses côtes maigrelettes. Tant d'élan, tant de vitalité dans ces petits os. Il respira ses cheveux, embrassa le dessus de sa tête.

La serveuse s'approcha pour débarrasser la table. Michel lui demanda un *doggy bag* et l'addition.

De retour à la maison, Emma jugea que la proposition de voyage méritait d'être examinée en détail. Que feraient-ils, où iraient-ils, et si Magdalena et sa mère voulaient les accompagner ? Ayant retrouvé un certain appétit, ils réchauffèrent la morue noire et les raviolis, et passèrent le reste de la soirée à réfléchir. Michel se dévoila simplement, avec économie.

— Depuis ta naissance, Emma, je n'ai pas arrêté. C'est vrai. Ce n'est pas croyable comme on n'arrête jamais.

À force d'entendre, répercutée par la caverne, sa propre voix émettre des opinions et alimenter des débats, il avait fini par croire qu'il avait une pensée. Mais il se rendait compte que ses idées les plus opiniâtres viraient au gré des contingences, manquaient d'assise. Elles s'avéraient aussi variables et incertaines que les prévisions météorologiques. Nos idées brillent du seul reflet de nos humeurs. Les principes, les procédures et les lignes de conduite qu'on adopte passent, comme nos opinions. Ce ne sont que des échos. Ce qui demeure, c'est notre voix.

— Ces deux semaines en Italie avec toi, ma fille, ce n'est pas une idée juste comme ça. C'est le fond de ma pensée.

ITALIE

1

Le vol se déroula mieux que Michel l'avait craint. Au début, à cause d'une erreur humaine d'enregistrement ou d'une incongruité du système informatique, il s'était retrouvé à cinq rangées de sa fille. Étant devant elle dans la file qui avançait vers le fond de l'airbus, il prit conscience de l'imbroglio avec une seconde de retard en s'assoyant à côté d'une femme soigneusement voilée qui se crispa à son contact.

« Une bigote », pensa-t-il.

Aussitôt, il saisit pleinement que quelque chose clochait. Qu'est-ce que cette bigote foutait à la place de sa fille ? Il relut sa carte d'embarquement. *28 B, allée,* c'était bien ça. Emma, l'ayant rejoint, montra sa carte d'embarquement à la femme qui vérifia la sienne. Toutes deux avaient le siège 28 A, hublot.

Emma chercha des yeux une place libre aux alentours et la trouva cinq rangées devant, au 23 A. Le 23 B était occupé par une dame bien mise et d'un âge rassurant. Emma se faufila entre deux passagers qui bataillaient pour loger leur bagage à main dans les compartiments du dessus et se pencha vers la dame. Celle-ci l'écouta, mais hocha la tête, butée. Emma parlementa un moment, puis elle se redressa et revint expliquer à son père que la dame était désolée, mais qu'elle tenait absolument à conserver son siège. C'était le sien et elle ne voyait pas pourquoi elle devrait le céder. Le visage de la femme voilée s'éclaira alors tout entier et elle se porta joyeusement volontaire pour changer de place. Emma la remercia. Michel lui sourit. Tout le monde fut soulagé.

Cet imbroglio allait avoir une étrange répercussion dans l'esprit de Michel. Comme un caillou lancé dans l'eau dont les ronds ne cessent de s'étendre, son écho colorerait peu à peu son séjour en Italie et se prolongerait à son retour.

D'abord, en regardant la femme voilée prendre place au 23 A, il se demanda d'où lui était venue son impression de bigoterie. Était-ce son hidjab? Comme beaucoup d'Occidentaux, Michel avait tendance à croire que le voile n'était pas seulement *sur* la tête, mais également *dans* la tête. Cependant, le hidjab s'était passablement répandu à Montréal, et il n'en faisait plus de cas. S'il le désapprouvait, c'était surtout parce que les hommes ne le portaient pas. Ces messieurs s'astreindraient à s'en couvrir pendant trois mois consécutifs que cette prescription ridicule serait remisée aussitôt dans les limbes de l'histoire. «Mais bon, se dit-il pour cesser d'y penser, si ma présumée bigote se prive de sentir le vent dans ses cheveux au nom de la religion, c'est son problème à elle.»

L'ennui, c'est qu'il continuait à fatiguer comme si c'était son problème à lui. Il croisait pourtant régulièrement des femmes voilées sans les considérer d'emblée comme des bigotes. Il passait de bons moments à Radio-Canada à échanger des plaisanteries tout en subtile séduction et autres doubles jeux avec une archiviste tunisienne rieuse et volubile qui usait de son voile comme d'un accessoire de charme. Si, donc, ce n'était pas le foulard qui lui avait fait penser qu'elle était une bigote, ce devait être parce qu'elle s'était crispée à ses côtés. Car elle s'était crispée, il n'y avait aucun doute. Mais s'était-elle crispée par sectarisme ou par effet de ségrégation sexuelle ? Peut-être s'agissait-il d'une simple réticence à l'idée d'être coincée à côté de lui pendant plus de six heures, expérience tout sauf œcuménique.

« À moins que je pue », se dit-il. Il bâilla dans sa paume pour humer son haleine et pointa le nez vers son aisselle. Emma lui jeta un regard dubitatif.

Après avoir passé plus de trente ans sans consacrer aux bondieuseries une seule seconde, voilà que ça revenait sur le tapis depuis quelques années. Son métier l'avait depuis toujours exposé à toutes sortes de gens qui croyaient dur comme fer à leurs propres fictions. Il était blindé contre cela. Il savait déliter la plupart des sujets encombrants : urgences des hôpitaux ; rivalité Québec-Montréal ; garçons grouillants pour qui un pupitre d'école est une torture ; infrastructures routières délabrées ; frustration des Montréalais assez bêtes pour circuler en voiture dans le Plateau-Mont-Royal ; et enfin corruption d'une élite qui se targuait de s'occuper *des vraies affaires*. Il ne laissait rien de tout cela lui empoisonner l'existence. Mais ce relent soudain de religiosité s'insinuait dans sa caverne comme les spores d'une herbe à poux morale à laquelle il se sentait devenir allergique.

Maintenant qu'elle était en compagnie de la dame bien mise d'un certain âge, sa présumée bigote se montrait animée et volubile, sans la moindre trace de crispation. Elle était visiblement plus à l'aise auprès des femmes. L'habitude du gynécée, peut-être, songea Michel, à moins qu'elle soit lesbienne.

Puis un fait évident lui sauta aux yeux. Elle voyageait seule. Fuyait-elle une situation intenable, le rigorisme d'une famille, le poids d'une tradition? Était-elle venue au Québec en éclaireur, préparant le terrain pour sa famille qu'elle allait maintenant chercher dans son pays d'origine? Ou bien partait-elle, à la suite d'un divorce cruel, à la recherche de ses enfants retenus par leur père? À moins que, pire encore, ses proches aient tous péri dans quelque conflit ou attentat. Alors bien sûr qu'elle s'accrochait à sa bouée religieuse et se retranchait derrière l'uniforme de sa piété.

L'uniforme de la piété. Sa mémoire frémit et un souvenir flou se développa comme une photo dans un bain d'acide. Michel revit les *pisseuses* de son enfance, ces nonnes catholiques aujourd'hui disparues, dissipées. Un visage émergea, celui de sœur Angélique, sa maîtresse de première année. Il avait six ans. Après les vacances de Noël, elle était entrée en classe sans son habit de religieuse et leur avait annoncé en rosissant qu'ils pouvaient désormais l'appeler par son prénom de jeune fille: «Mademoiselle Pivoine». Michel réentendait sa voix murmurant: «Il me semble que je suis plus proche du Christ maintenant; tant de bigoterie se cache sous l'uniforme de la piété.» Oui, c'était bien Mlle Pivoine, anciennement sœur Angélique, qui avait dit ça.

— Papa?

La voix de sa fille l'éjecta d'un coup de la spirale de sa mémoire.

— Hum?

— On décolle!

Le vol se passa sans histoire. Michel s'endormit sans s'en rendre compte et se réveilla alors que l'avion amorçait sa descente sur Paris. Il secoua délicatement sa fille qui ouvrit des yeux pleins de rosée. Ils eurent tout juste le temps d'attraper leur correspondance vers Rome en courant d'un terminal à l'autre. Les courbes de béton de l'aéroport Charles-de-Gaulle lui rappelaient chaque fois le Stade olympique de Montréal.

Une heure plus tard, il aperçut par le hublot des champs quadrillés verts et jaunes parsemés de hameaux où les maisons étaient tournées les unes vers les autres autour de petites places publiques. Cette rondeur communale, tout à l'opposé des villages québécois étalés le long des rangs et des rivières, suffit à le dépayser. L'Italie! Il attira sa fille vers son épaule pour embrasser ses cheveux et humer leur parfum d'enfance. Il se sentait déjà propulsé, curieux et à l'affût. En un mot: transporté. Ce qui est bien la raison d'être du voyage.

2

Simone et la Grande Italienne les attendaient à l'aéroport Léonard-de-Vinci. Emma courut vers sa mère sitôt qu'elle l'aperçut. Michel, en retrait, salua Magdalena. Celle-ci lui présenta une vieille chienne au pelage crème où miroitaient ici et là des reflets dorés, couleur de Rome : Pannacotta. Entendant son nom, la chienne frémit du museau et battit de la queue. Elle parut plutôt laide à Michel ; une bâtarde massive avec de courtes pattes et des babines qui pendouillaient comme si elle avait un surplus de peau.

— Oh, qu'elle est belle ! s'écria Emma.

Michel flatta la bête poliment. Effleurant ses oreilles, il fut surpris par la douceur de leur duvet. Elle avait dans le regard quelque chose d'insondable, un vieux fond de sagesse d'où émanait, mettons, une certaine beauté. Emma pêcha son appareil photo dans son sac de voyage. Les femmes entourèrent la bête et sourirent. Puis Emma donna l'appareil à son père et prit sa place au sein du groupe. Emma, Simone, Magdalena et Pannacotta formaient un portrait de famille déjà si convaincant qu'on aurait dit que c'était comme ça depuis toujours. Puis Magdalena voulut documenter la famille originelle. En cadrant Michel, la Grande Italienne laissa échapper une remarque sur sa coupe de cheveux très courte.

— Se raser le coco est très populaire chez les Italiens de ton âge.

— Mes cheveux ne sont pas rasés, ils sont coupés en brosse. Je ne cherche pas à cacher une calvitie. C'est simplement moins de *trouble* en voyage.

Dehors, le soleil tapait. L'air était sec et transparent. Emma prit la laisse et Pannacotta la tira droit devant en se déhanchant allègrement, la queue relevée et le museau au sol, répertoriant les multiples odeurs qui furetaient, en transit. Magdalena les rattrapa en quelques enjambées et montra à Emma comment utiliser le collier étrangleur pour que la bête reste au pied. Emma, dissipée, riait. Elle n'écoutait pas et s'en fichait.

— J'espère que Magdalena ne donnera pas trop de leçons à Emma, dit Michel.

— Ne commence pas avec le syndrome du mâle évincé, s'il te plaît, lança Simone de son ton d'éducatrice. Dois-je te rappeler que notre fille s'interroge sur son avenir et qu'une orthopédagogue peut être de bon conseil?

«Tout un début», pensa Michel en voyant l'air bête et les yeux rouges et las de son ex. La voiture était une petite Fiat à toit ouvrant au design vénérable. Magdalena se mit au volant. Michel insista pour s'installer sur la banquette arrière en compagnie d'Emma. Pannacotta prit poussivement ses aises entre eux. Devant, Simone renifla et se tamponna les yeux avec un mouchoir.

Magdalena conduisait nerveusement, avec à-coups aux changements de vitesse et effet d'ascenseur au freinage. Michel, le menton de la chienne sur les genoux et les genoux sous le menton, prit son mal en patience. La Fiat s'enfonça dans le labyrinthe tournoyant du Prati, quartier populaire de la rive gauche du Tibre. Ils se faufilèrent, virèrent de-ci de-là, allant et venant. La pension semblait ne pas exister. Le GPS disait n'importe quoi. À un carrefour, la Grande Italienne frôla trois petites vespas chevauchées par des jeunes femmes en robe noire toutes plus belles les unes que les autres.

Simone se tourna vers l'arrière.

— Michel, on a décidé de profiter du fait qu'on était à Rome pour passer la fin de semaine avec vous avant de retourner à la villa. On a loué tout le deuxième étage de la pension, si tant est qu'elle existe. Trois chambres et une salle de bain. Juste pour nous.

Michel reçut la nouvelle avec inquiétude, craignant déjà que son voyage avec sa fille soit bousillé.

— L'important, continua Simone, c'est que, pour l'occasion, on redevient mari et femme.

— Ah bon?

— L'Italie n'est pas le Québec. Deux femmes ensemble, ici, c'est encore deux vieilles filles. La dame de la pension s'est imaginé que la grande chambre nous était destinée, à toi et moi. Une fois là, on s'arrangera entre nous.

La tête dehors, Emma se montrait déjà gorgée de ses aperçus de la ville et fascinée par la lumière, l'architecture, la vitalité de la rue avec ses petites places, ses fontaines, ses marchés publics et ses stations de métro hyper modernes.

— C'est beau partout, s'exclama-t-elle. Même les Romains sont beaux. À pied, en vespa, en voiture, en bus, ils sont tous splendides!

Soudain, Simone s'écria:

— Là!

Magdalena exécuta un virage en U et la Fiat s'engagea dans une impasse pentue. Ils franchirent une porte de tôle qui s'ouvrit automatiquement après qu'ils eurent sonné et se garèrent devant un bâtiment de l'entre-deux-guerres. Michel s'empressa d'ouvrir sa portière, de descendre et de s'étirer de tout son long. Descendue à sa suite, Pannacotta s'étira à son tour comme s'il lui en avait donné l'idée.

La pension était tenue par une veuve soignée et élégante, qui avait connu des jours meilleurs et portait son chignon français comme l'étendard de sa condition. Elle reçut ses hôtes avec une politesse d'autrefois, tout en jetant un œil circonspect vers la chienne. L'italien de Michel était rudimentaire, mais il comprit tout de même qu'elle n'avait pas été prévenue de la présence de la bête et que les animaux étaient interdits de séjour.

Magdalena plaida la cause de Pannacotta, mais l'hôtesse l'interrompit bientôt et parla très vite en montrant Michel du doigt.

— Régler ça devant vous alors que vous poireautez l'indispose, traduisit Magdalena. Montez voir vos chambres pendant qu'on s'entend, elle et moi.

Un vieil ascenseur grillagé les mena lentement jusqu'au deuxième. La cage, étroite et bringuebalante, suffisait à peine. Michel avait Simone tout contre lui, il sentait son corps et son haleine légèrement sucrée. Ces sensations ravivées, si familières encore, le troublèrent.

Emma adopta la première chambre. Des murs jaunes, une commode, un bouquet de fleurs de soie sur une table, un petit lit et une fenêtre donnant sur la cour intérieure où abondaient les lauriers roses en pots. Michel prit possession de la deuxième chambre, en face de celle de sa fille. Identique à une exception près, la vue. Elle donnait sur les toits voisins et les antennes de télévision. Simone continua jusqu'à la chambre principale, y laissa son bagage et revint à la porte de Michel. Elle entra, referma derrière elle et s'approcha de si près qu'il crut qu'elle voulait l'embrasser.

— J'aimerais ça qu'on mange en tête-à-tête ce soir, murmura-t-elle. Piazza Navona, tu te rappelles?

C'était un souvenir précieux de leur voyage de noces. Il n'eut pas le temps de lui demander à quoi elle voulait en venir qu'Emma déboulait, survoltée et prête à l'aventure.

— On ira se balader dans une heure, lui dit Michel. Repose-toi un peu, Emma.

— Ton père a raison. Allez, ma grande, laisse-nous. On a une chose à régler.

Simone lui referma gentiment la porte au nez.

— Je ne suis pas sûr d'avoir envie de *ça*, Simone, dit Michel.

— Il ne s'agit pas de *ça*, si tu veux parler de nous. Il s'agit plutôt de ton voyage avec Emma.

— Je veux passer deux semaines avec ma fille avant de la quitter pour un an. Ce n'est pas plus compliqué que ça.

— Parfait, on se voit ce soir pour en discuter.

Simone sortit de la chambre, l'air satisfait. Comprenne qui pourra. Michel avait chaud et se sentait collant. Il défit sa valise, se déshabilla et enfila son vieux peignoir de voyage. Au même moment, Magdalena traversa le couloir avec la chienne qui haletait. Le problème devait avoir été réglé moyennant un supplément. Il l'entendit ouvrir la porte de la chambre principale, qu'il devinait spacieuse avec vue imprenable sur la ville et grand lit conjugal, et la refermer. Il gagna sans bruit la salle de bain, au fond, en coin avec leur chambre. « Elles ne souffrent pas du décalage horaire, elles, et n'ont absolument pas besoin de faire la sieste », pensa-t-il en réprimant l'image qui lui montait en tête. Il entra sous la douche, se savonna rapidement et demeura longtemps sous le jet sans bouger. Il avait renoué depuis peu avec les longues douches bienfaisantes, délaissées à l'âge pressé. Une première raison était hygiénique ; il suait davantage qu'auparavant et redoutait de sentir le vieux. L'autre raison était spirituelle : le son de l'eau sur son crâne assourdissait la clameur de ses pensées en un murmure lointain qui l'aidait à faire silence.

Quand il regagna sa chambre, Emma l'y attendait, assise sur son lit.

— J'ai le goût d'un gelato.

— Emma, t'es fatigante.

— Peut-être, mais je ne suis pas fatiguée !

— Tu vas tomber dans quatre heures à cause du décalage horaire si tu ne te reposes pas un peu et tu vas gâcher la soirée de tout le monde !

Il avait haussé le ton. Simone vint s'en mêler et le différend prit rapidement des proportions ridicules. Finalement, Magdalena eut le dernier mot. Elle poussa Emma dans sa chambre, lui tendit *L'art de la joie* de Goliarda Sapienza et s'écria : « *Pannacotta Bella ? Lettura !* » La chienne accourut et sauta prestement sur l'édredon d'Emma, tout heureuse de se faire raconter une histoire.

3

Une heure plus tard, le quintette descendit vers les murailles de Saint-Pierre. Emma voulait visiter la chapelle Sixtine. Le soleil tapait toujours et ils bifurquèrent vers le bord du fleuve où l'air était un peu plus frais. Michel s'arrêta à une fontaine pour boire et se rafraîchir. Le Tibre couleur d'algues bougeait à peine. Pannacotta avançait d'un pas flânant, la langue pendante. Une péniche se balançait lourdement à un quai, une centaine de mètres devant eux, et Emma voulut faire un tour.

La péniche se révéla plaisante. Un zéphyr discret les environnait. Assise entre son père et sa mère sur la banquette, Emma passa ses bras autour de leurs cous. En face, Magdalena rêvassait, le regard un peu lointain, la main caressant doucement la chienne allongée à ses pieds. La Grande Italienne avait le visage d'une femme comblée.

— La chienne, demanda Emma, est-ce que c'est parce que vous aviez peur de vous ennuyer toutes seules ?

Magdalena s'assombrit. Simone raconta qu'elles ignoraient tout de l'animal lorsqu'elles étaient allées chercher les clés de la villa paternelle chez le plus proche voisin. Celui-ci leur avait remis Pannacotta au même moment. C'est elle qui avait alerté le voisinage le soir où M. Massi s'était écroulé. Elle avait aboyé par intermittence, puis avait hurlé. «Une chienne comme il ne s'en fait plus et une merveilleuse compagne pour votre père», avait dit le voisin. Magdalena avait tendu la main vers la truffe de la bête. Celle-ci l'avait à peine flairée qu'elle battait de la queue et gémissait doucement, comme si elle décryptait quelque odeur de son maître chez sa fille, une filiation à laquelle se lier. Magdalena s'était tournée vers Simone d'un air éperdu. Ne sachant que penser, celle-ci avait haussé les épaules. Elle était dépourvue devant les chiens et ne les comprenait guère. Mais Magdalena était déjà captive. Le soir même, Simone avait réalisé, effarée, que si elle ne mettait pas clairement le pied à terre pour délimiter son territoire, la bête coucherait dans leur lit.

— Papa n'en avait pas soufflé mot, dit la Grande Italienne.

Entraîné par le récit, le fil de l'eau ou la douceur de l'air, Michel raconta à son tour à Emma un souvenir de voyage de noces. La pollution de Rome les avait pris littéralement à la gorge, Simone et lui, et il avait passé la semaine à craindre pour sa voix.

— On respire incomparablement mieux maintenant.

De retour au quai, on s'arrêta à un kiosque de glaces artisanales et on rebroussa chemin jusqu'à Saint-Pierre pour s'acquitter de la visite. Pannacotta n'étant pas admise, Simone et Magdalena resteraient avec la bête pendant que père et fille visiteraient la basilique.

Michel se souvenait de la chapelle Sixtine au temps de son voyage de noces comme d'une chose brune dont on distinguait mal les détails. Cerné de toutes parts par des têtes grises, il avait fini par avoir mal au cou à force de regarder en l'air. Quand une dame âgée s'était écriée : « Sainte bénite, ça a dû être long en ti-Jésus de peinturer c'te plafond-là », il s'était promis de ne plus jamais y remettre les pieds.

— Emma, il faut que tu saches que je n'aime pas trop faire les mêmes choses que les touristes. J'ai l'impression de me faire organiser.

— Mais là, c'est moi qui t'organise, papa.

« En effet », pensa-t-il en se laissant mener de bonne grâce.

Au bout d'un long parcours de salles en enfilade, richement décorées, avec ici et là des fenêtres grillagées s'ouvrant sur des vues imprenables de la ville, ils débouchèrent dans la chapelle. La fresque de Michel-Ange chamboula son souvenir. Débarrassée de sa patine de saletés, de fumées et d'autres exhalaisons des foules, l'œuvre, restaurée et ayant retrouvé ses couleurs, parut quasiment trop neuve à Michel. Après un bon moment la tête en l'air, il alla s'asseoir, et sa fille continua seule à circuler dans l'espace, en pâmoison.

Plus tard, elle vint le rejoindre sur le banc et improvisa une analyse de la fresque. Déployée autour des deux célèbres doigts qui souhaitent se toucher, le divin et l'humain, l'œuvre représentait la quête actuelle d'une théorie unifiée de l'Univers par le désir d'unir les lois de la relativité au principe d'incertitude, la théorie du chaos à l'intelligence de la complexité, et l'infiniment grand à l'infiniment petit. La Renaissance faisait ainsi écho à la genèse des Grecs pour qui la force d'attraction d'Éros avait présidé au mariage du chaos cosmique originel et de la terre, notre mère. Ce que la science physique tentait d'élaborer aujourd'hui, Michel-Ange le concevait déjà en esprit il y a plus de cinq siècles. À la même époque, son aîné Leonardo dessinait de son air maussade la manière dont le sang circule dans le corps humain, telle que la médecine ne le comprendrait pleinement qu'au début du XXe siècle.

— Le plus incroyable, conclut-elle les yeux au plafond, c'est que deux hommes de rien, perdus dans les malheurs de leur naissance et coincés par le magma politico-religieux du temps, aient atteint une telle connaissance par la simple force de leur vision.

Michel écouta sa fille avec stupeur. D'où tenait-elle tout ça ? Désireux d'être à son diapason, il se leva pour arpenter de nouveau le sol sous la fresque, à partir du mur où elle semble se mettre en place avant de s'élever jusqu'au plafond où elle rayonne. Ce second regard le plongea dans une rare méditation.

Après la visite, ils retrouvèrent les deux femmes à une terrasse devant un verre de *prosecco*. Pannacotta profita de l'inattention causée par leur arrivée pour chiper à la table voisine le tiers d'une pizza que se partageaient des étudiants en vacances. « Cette chienne est incorrigible », gronda

Simone, les dents serrées. Magdalena se confondit en excuses auprès des jeunes qui s'amusaient plutôt de l'incident et leur offrit une nouvelle pizza. Plus tard, le ciel changeant de teinte, on se scinda de nouveau pour la soirée. Magdalena et Emma partirent de leur côté avec la chienne, et Michel et Simone empruntèrent le pont Sant'Angelo en direction de la piazza Navona.

En débouchant sur la place, Michel constata encore une fois que la réalité ne ressemblait pas à la mémoire. L'espace piétonnier dont l'ovale rappelait l'ancien stade romain était submergé de visiteurs. Michel et Simone slalomèrent entre les caricaturistes, les amuseurs publics et les vendeurs de cochonneries. Ils virent à peine la fontaine des Quatre-Fleuves, prise d'assaut, et filèrent en longeant la façade de l'église Sant'Agnese, dédiée à sainte Agnès qui, au temps des Romains, fut exhibée nue ici même à treize ans avant d'être avilie dans un bordel parce qu'elle refusait d'abjurer sa nouvelle foi chrétienne.

Ils déambulèrent un long moment dans les rues avoisinantes. Michel laissa Simone le guider. Elle avait toujours eu le don de dénicher les endroits sympathiques, sans prétention et de bonne qualité. Flâner ensemble comme ça, ils ne l'avaient pas fait depuis une éternité. Ils tombèrent enfin sur un petit établissement fréquenté par des habitués près du campo de' Fiori.

Simone commanda une assiette de bouchées de poissons fumés, marinés, en carpaccio et en salade, avec des anchois frais qui n'avaient rien à voir avec ces machins salés qui se ratatinent dans l'huile, et Michel choisit une bouteille de blanc à peine iodé. Ils trinquèrent aux choses sérieuses : leur fille, ses incertitudes et son avenir. Michel mentionna la forte impression qu'Emma lui avait faite à la chapelle Sixtine. Leur fille était brillante et allumée.

— Mais oui, Michel, c'est une enfant aimée.

Le serveur arriva, versa ce qui restait de vin dans le verre de Michel, félicita Simone pour son italien déjà pas mal et partit avec l'assiette de poissons vidée.

— Bon, et ce voyage ?

Michel lui raconta sa vision du projet. Il n'avait pas d'autre idée en tête que d'emmagasiner assez de souvenirs de ces quinze jours avec sa fille pour tenir le coup toute l'année.

— Je ne sais pas du tout comment je vais faire, sans vous.

— Sans nous ? Emma et moi ?

— Oui, Simone. Tu fais partie de ma vie. C'est comme ça.

Le serveur apporta un premier plat de pâtes à l'encre de seiche qui parut un peu rugueux à Michel.

— Alors, demanda-t-il, est-ce que j'ai ton absolution ?

— Tu n'as pas besoin de mon absolution, Michel. Je voulais que tu m'expliques, c'est tout. L'Italie, c'est le territoire de Magdalena. On ne comprenait pas ce que tu venais chercher. Cela dit, pour l'instant, c'est plutôt le territoire de Pannacotta…

Elle enroula consciencieusement des pâtes sur sa fourchette et les porta à sa bouche. Michel guetta sa langue qui pointerait bientôt pour lécher les commissures de ses lèvres. Ce tic, qui l'énervait au plus haut point il n'y a pas si longtemps, lui paraissait charmant maintenant. Elle souleva son verre de vin et but; le geste plissa l'échancrure de dentelle de son corsage et laissa transparaître sa gorge. À une lointaine époque, Michel aimait bien la surprendre en caressant ses seins par-derrière. Elle baissait alors les paupières et poussait un petit soupir d'aise. Il aurait donné n'importe quoi pour réentendre ce soupir-là ce soir.

Il avait déjà bu plus que sa part de la première bouteille, sans doute un peu trop vite. Il détourna les yeux et fit mine de s'intéresser au décor, aux gens attablés, à l'atmosphère tranquille. Mais rien ne le distrayait plus du fond de tristesse qui l'habitait comme une mélodie grave.

Le serveur apporta la seconde bouteille avec le second plat : de fines tranches de veau au citron sur une émulsion à l'artichaut. Le tout était d'une surprenante onctuosité ; les saveurs se développaient sur la langue et le palais, rehaussées par le vin, un blanc goûteux et très ambré. Simone ouvrait de grands yeux enchantés à chaque bouchée. Michel, qui se régalait tout autant, s'étonna que la bouffe ait tout à coup tant d'importance.

— Je bois à ton bonheur, Simone, dit-il en levant son verre, aussi troublant soit-il.

— Je comprends que tu sois troublé, Michel, mais je n'y suis pour rien.

— Pour rien ? Et ton soudain amour des femmes ?

— Magdalena, rectifia-t-elle. Mon amour pour Magdalena.

— Mais c'est une femme.

— Oui, bon, d'accord. Ce que je voulais dire, Michel, c'est que je ne me suis pas tournée vers Magdalena parce que tu t'es détourné de moi. Je ne suis pas tombée amoureuse par dépit.

— Tu penses que je me suis détourné de toi? Moi, je pense que je t'ai perdue. Je me demande encore ce qui m'a échappé.

Simone lui tendit la main. Il la prit en silence. Mais la compassion de Simone avait ses limites. Michel avait exprimé quelque chose qui ne passait pas. Étaient-ce les mots, le ton, le désarroi? Elle n'aurait su dire, mais une pointe de colère la tenaillait, trop nette pour ne pas être coupante.

— Je voulais être ta femme, Michel, pas ton port d'attache.

Dix ans auparavant, Michel avait inauguré sa série d'aventures avec Cynthia, qu'il croisait à Radio-Canada dans son costume de fée Perlimpinpette. Cela avait duré six ou sept mois et s'était terminé de façon abominable. Il s'en était ensuite tenu à des amitiés érotiques qu'il comparait à des vacances, petits voyages dont il rentrait toujours. Simone et lui s'étaient *fait une raison*. Ils partageaient une routine, une complicité, de l'affection et une fillette de neuf ans qui avait besoin de ses parents.

— Nos années de fausse bonne entente nous auront permis d'éviter d'affronter ce qui se passait, poursuivit-elle. Ou plutôt de ne *pas* affronter ce qui ne se passait pas. Je sais que, toi, tu aurais continué à butiner de ton bord au lieu de rompre. Alors c'est moi qui ai pris la décision. C'est peut-être de tes non-choix, Michel, que je me suis détournée.

4

Sur l'autre rive, Magdalena et Emma déposèrent une chienne épuisée à la pension avant d'aller faire du lèche-vitrine *via* Cola di Rienzo en disant des balivernes d'un ton sérieux et des choses sérieuses d'un ton de balivernes. Elles entrèrent chez Coin, où les soldes battaient leur plein. Emma tomba en arrêt devant la petite robe noire que *toutes* les Romaines de trente ans et moins portent *sans exception*. Elle ne put s'empêcher de l'essayer. Magdalena attendit patiemment devant la cabine. Elle avait une telle impression d'être avec sa nièce qu'elle n'aurait pas été étonnée que celle-ci l'appelle « ma tante » en ressortant. Quand Emma ouvrit la porte, elle était si ravissante dans sa petite robe – et si ravie – que Magdalena ne put résister au plaisir de la lui offrir.

Plus tard, alors qu'elles étaient attablées sur le large trottoir devant une pizza toute simple mais incroyablement bonne, Emma demanda de but en blanc à Magdalena si sa mère avait su quoi faire au lit, la première fois.

— Pourquoi veux-tu savoir ça ?

— Mon père allait voir ailleurs, mais maman, rien. Ça n'avait même pas l'air de lui manquer. Je croyais que ça ne comptait pas pour elle.

— Emma, tu comprends bien que je ne peux pas te répondre.

— Toi, d'abord, es-tu lesbienne depuis longtemps?

— Je savais que je l'étais à douze, treize ans. À l'époque, je pensais que j'étais la seule, dans le monde entier, à ressentir ça. J'étais très isolée. Mon père ne l'a jamais su. Aujourd'hui, ma mère est au courant. Enfin, si elle a lu la lettre que je lui ai envoyée.

— Tu n'as jamais été avec des gars?

— Oui, oui, quand j'étais étudiante. Pas par désir, seulement pour me conformer. Les hommes gais étaient capables de s'affirmer à ce moment-là, mais pour les femmes, c'était très secret. Les lesbiennes se faisaient traiter de féministes enragées. Comme si mon désir pour les femmes pouvait seulement naître d'une haine des hommes. Dans les années qui viennent, Emma, tu vas te rendre compte que tout ce qui touche à notre sexualité est encore très politique.

Le soir tombé, elles rentrèrent à la pension, un peu lasses. En chemin, Magdalena décrivit la villa en Toscane ainsi que la chambre qu'elles avaient aménagée pour Emma. Elle lui parla de la campagne, très belle, et d'une vie très douce avec de l'espace pour réfléchir à son aise. Emma avançait sous l'effet du décalage horaire et écoutait confusément Magdalena, perdant le fil. La Grande Italienne lui confiait maintenant qu'elle vivait son deuil plus difficilement qu'elle ne l'avait d'abord imaginé. Elle avait cru que, en acceptant l'héritage de son père et en habitant la villa, une sorte de transmission, impossible jadis, s'opérerait. Mais ça ne s'était pas passé comme ça.

— C'est Pannacotta qui m'aide le plus à apprivoiser la disparition de mon père. Tu as bien de la chance, Emma, d'avoir le tien tout à toi pendant deux semaines.

Michel était étendu tout habillé sur son lit quand elles rentrèrent. Simone et lui avaient quitté le restaurant passablement gris et, maintenant, il regardait le plafond se désaxer. Son esprit zigzaguait et ses pensées fuyaient à une vitesse folle. Il entendit l'ascenseur s'arrêter, Emma chuchoter bonsoir et refermer sa porte, et Magdalena se rendre directement à la salle de bain. Obéissant à une pulsion qu'il ne remit pas en question, il se leva et sortit de sa chambre pour gagner le fond de l'appartement. Il écouta à la porte de la salle de bain et, dès que le son de la douche lui parvint, il frappa à la porte de la grande chambre et l'entrouvrit sans attendre. Simone avait l'air plus assommée qu'endormie. Son souffle était profond et rauque, presque ronflant, et il la contempla du seuil un instant. Un rêve la travaillait peut-être, car elle se tourna sur le côté avec un petit gémissement.

Ce qui se passait entre les deux femmes lui échappait. Elles réagissaient l'une à l'autre avec une cohérence interne facile à observer, mais irréductible. Elles semblaient capter à même le corps une vérité différente des choses, née d'un autre rapport au monde. Le bruit de la douche cessa et il rebroussa chemin sur la pointe des pieds, s'arrêtant à la ·

porte de sa fille pour lui dire bonne nuit. Elle lui répondit d'une voix toute somnolente, échevelée et entortillée en travers de ses draps, comme un bébé.

Sa naissance restait une expérience fondamentale de sa vie d'homme. Simone, en accouchant, s'était littéralement transfigurée, et Emma était venue au monde déjà emplie et substantielle, porteuse de la pulpe miraculeuse d'exister. Un amour éternel, infini, *indélogeable*.

5

Le lendemain, Emma parla de visiter le Colisée, le Forum et le Palatin. Michel répondit qu'il voulait voir le *Moïse* de Michel-Ange.

Sa curiosité avait été piquée l'hiver dernier en préparant l'entrevue d'une psychanalyste française qui avait fait paraître un essai réagissant à la thèse voulant que Freud ait été davantage un créateur intuitif et imaginatif qu'un homme de science à la démarche méthodique. Elle se distanciait de ce qu'elle estimait être une entreprise de disqualification de l'intuition. Elle défendait plutôt l'idée que spéculation créative et méthode vont souvent de pair en science. Elle s'appuyait, dans sa défense, sur la fameuse analyse du *Moïse* de Michel-Ange de Freud. Ce texte consacré au patriarche du peuple juif fut publié en 1939 à la face même du nazisme. Freud y développait une réflexion demeurée inachevée sur la névrose de masse, aussi bien religieuse que politique – intuition fulgurante dans le contexte.

Michel avait été suffisamment intrigué par cette entrevue pour avoir envie de voir le *Moïse* en chair et en os, si l'on peut s'exprimer ainsi en parlant d'une statue.

— L'église San Pietro in Vincoli, où est ton *Moïse*, est sur notre chemin, dit Emma, le nez dans son guide. On peut débuter par ton patriarche et finir par mes déesses.

Argument imparable. Michel se rallia. Ils sortirent Pannacotta pour sa promenade matinale et laissèrent les deux femmes traîner au lit. Ils attrapèrent leur bus au vol et traversèrent la moitié de la ville sans parler. Michel avait l'esprit embrumé, assailli par des demi-pensées. Emma, qui avait tendance à considérer que ce qui est insignifiant est négligeable, aurait préféré ne pas faire de cas de l'air absent de son père, mais il n'avait pas remarqué sa petite robe noire et ça commençait à suffire.

— T'es où, papa?

— Excuse-moi, ma belle, j'étais dans ma tête.

— Je sais que tu n'aimes pas jouer les touristes, mais on s'en fout. De toute façon, on est des touristes. Tu n'es pas en mission, papa. Sois donc content d'être rien, pour une fois.

Le précédent séjour de Michel à Rome avait été motivé par le travail. Au retour, il s'était plaint de tout rater de la ville et de dormir dans des chambres standardisées d'hôtels de congressistes. Cette fois, il s'était bien promis d'avoir envie de ce dont sa fille avait envie, et voilà qu'à la première occasion il n'offrait en partage qu'une moitié de présence. Pour arranger les choses, l'autobus était bondé et il crevait de chaud. Ça sentait la sueur mélangée à des effluves de parfum et de détergent. Deux arrêts plus loin, il voulut descendre.

Il préférait marcher. La circulation était dense et les trottoirs envahis de piétons. Ils s'arrêtèrent à une fontaine pour boire un peu d'eau fraîche et, dans le cas de Michel, se mouiller la tête. *Via* Cavour, ils croisèrent douze congressistes, dix hommes et deux femmes, identifiés par un carton plastifié. Ils fumaient au pied de l'entrée d'un hôtel cossu. Un panneau à la droite des portes vitrées indiquait :

The Art of executive leadership
Second floor

Michel repéra tout de suite l'allure affairée des professionnels convaincus de l'importance de leur job ; ces gens étaient ici pour l'avancement des choses et n'étaient surtout pas des touristes.

Emma donna à son père un léger coup de coude ironique. Les congressistes les saluèrent poliment au passage, les hommes en profitant pour s'attarder aux jambes et au derrière d'Emma. Celle-ci ne sembla pas s'en rendre compte, trop contente d'avoir du temps libre et d'être sans souci. À un feu rouge, Michel fut ébloui par les jeunes femmes en vespa. Elles étaient si gracieuses, si attirantes avec leur visage de madone.

— Elles sont un peu trop belles, trop jeunes et trop dorées pour toi, papa.

— Toi aussi, tu resplendis, Emma. Surtout avec ta robe noire. Les Romains te regardent un peu trop à mon goût.

— Franchement, calme-toi !

— Tiens, lui, là, au fond, dit-il en montrant du menton un homme négligemment appuyé au creux d'une petite arche et qui ne lâchait pas Emma des yeux.

— Si tu penses que ça m'intéresse de me faire zieuter par un vieux !

Michel se tut, surpris. L'admirateur en question avait trente ans, tout au plus. Le feu de circulation devint vert. Une autre madone en vespa freina aussitôt juste devant eux et leur sourit. La grâce personnifiée. Michel, visiblement émoustillé, la salua.

— Papa, arrête ! De toute façon, tu ne peux pas toutes les avoir.

— « Les avoir » ? C'est quoi, cette expression-là ?

— Les gars disent ça.

— Quels gars, tes copains que tu trouves cons ?

— Ben, oui.

— Est-ce qu'ils t'ont « eue », toi ?

— Ben, des fois.

— Et puis ?

— Ben, rien.

« Le drame de ma fille est d'être née à une époque bête, pensa-t-il. Je devrais lui offrir les romans de Moravia. » Il dénicherait une version bilingue de ses œuvres et lui en ferait cadeau à la fin de leurs vacances. Le métier de reporter avait appris à Michel que pour comprendre l'état d'esprit d'un peuple il faut lire sa littérature. Les régimes politiques passent, Manzoni, Sciascia, Morante et Calvino demeurent.

— Emma, tu n'as rien à attendre d'un garçon qui pense qu'il peut *t'avoir*. Faire l'amour sert à apprivoiser ta liberté.

Tu n'as pas à te sentir ni obligée ni empêchée de faire quoi que ce soit. Mais si un garçon profite de toi, ce n'est pas de l'amour, c'est du capitalisme.

— Si tu fais allusion à Guillaume, il était super alter-mondialiste.

— Il ne serait pas le premier à porter sa contradiction entre les jambes. Dans mon temps, certains des plus grands chantres de l'amour libre et de la non-propriété étaient les plus possessifs. Tout le monde n'est pas aussi clair et ouvert que toi, ma fille. Il faut apprendre à te protéger un petit peu.

— Ça va, papa.

— Et sans condom, c'est non.

— Papa !

Michel n'insista pas. Ils longeaient une muraille qui s'ouvrit bientôt sur un escalier menant à la place de l'église où l'ombrageux *Moïse* attendait qu'on vienne le craindre. En haut des marches, un trio de mariachis les accueillit en y allant d'une interprétation dévastatrice de *La Cucaracha*. Ils se dépêchèrent d'entrer dans l'église.

Le *Moïse* faisait partie d'un tombeau que le pape Jules II avait commandé à Michel-Ange. L'œuvre déçut Michel. Elle lui parut figée, posturale, parfaite dans le mauvais sens du terme. Perplexe, il tourna autour pendant une dizaine de minutes en se demandant ce qu'il avait espéré. «Ou bien *Moïse* est muet, ou bien c'est moi qui suis sourd.»

— Bon, allons voir ton Colisée.

Le soleil était très haut maintenant et l'on cherchait l'ombre en vain. Ils s'arrêtèrent de nouveau à une fontaine. L'eau, toujours très fraîche, parut infiniment délicieuse à Michel. En outre, cette fois, il remplit son chapeau mou à ras bord et se le rabattit sur le crâne. Saisi et trempé, il s'ébroua en effectuant trois pas de gigue. Emma, qui aimait voir son père faire le clown, pouffa de rire. Elle se pencha à son tour vers le bec de canard et but, la main en coquille. Michel nota, remué, l'élégance du geste de sa fille.

Une interminable file de visiteurs autour du Colisée les découragea et ils se dirigèrent vers le kiosque d'entrée du Forum et du Palatin, une centaine de mètres plus loin. Le temps d'y arriver, la chemise de lin et le chapeau de Michel étaient secs.

Le site archéologique les frappa tout de suite par sa double histoire, celle de l'Antiquité et celle des fouilles, de l'exhumation et du réagencement des pierres arrachées au sous-sol. De grands pans de civilisation surgissaient de terre entre les lauriers roses, les pins et les cyprès. Ils gravirent une pente le long de laquelle couraient des bouquets d'herbes aromatiques. Une surprise les attendait en haut, une vaste perspective sur les sept collines de la ville irisées de jaune, de rouge, d'ocre et de bleu. La beauté. Encore la beauté.

Le père et la fille mirent quatre heures à faire le tour complet du site sans voir le temps passer. Mais quand ils ressortirent, la soif d'ombre, de brise et d'eau de Michel refit cruellement surface. Ils s'installèrent sous le parasol de la première trattoria croisée et commandèrent de l'eau plate et de l'eau pétillante, du vin et des salades. Emma envoya un texto à sa mère. *Où êtes-vous ?*

On est via Appia, texta Simone, *hors les murs, vers les jardins de Tivoli. Demain, villa Borghèse, tous ensemble?*

6

Le lendemain, la chaleur s'annonçait sans pitié, et le grand parc de la villa Borghèse semblait bien la seule destination possible. On gara la Fiat près de la place d'Espagne et on continua à pied. Pannacotta ouvrait la marche, entraînant Emma qui maîtrisait toujours aussi mal l'art de la laisse. Magdalena et Michel portaient des sacs à dos, l'un contenant la vaisselle et l'autre, muni d'une couche réfrigérante, des provisions glanées en route. Simone se plaignait, l'humeur sombre. Michel se sentait à la fois impuissant et responsable de la morosité de son ex, mais il n'était pas question qu'elle gâche sa journée. Il pressa le pas pour rejoindre sa fille et la chienne. Emma l'accueillit avec un large sourire en lui tendant un petit sac de plastique biodégradable. Pannacotta faisait ses besoins en regardant ailleurs.

Par son ampleur et sa situation stratégique, le parc de la villa Borghèse ne manqua pas de leur rappeler le mont Royal. Ils déambulèrent le long des allées, sous les feuillages verts, pourpres et bienfaisants, et finirent par dénicher un coin ombragé à quelques pas d'une cascade où ils pourraient pique-niquer plus tard. Un ruisseau courait jusqu'à un grand étang qu'on apercevait entre les arbres. Pannacotta dressa soudainement les sourcils, le museau et les oreilles vers l'étang et bondit comme une flèche. La laisse glissa des mains d'Emma. Magdalena se précipita, mais ne put rattraper la chienne qui plongea comme une idiote dans l'eau verte, affolant un groupe d'oies. Tirer la bête de là avant que les oies furieuses rappliquent fut toute une histoire.

Tout autour du plan d'eau, les statues, les fontaines et les éléments architecturaux lancèrent Emma dans une réflexion alambiquée sur l'imbrication de la nature et de la culture. Elle élabora l'hypothèse que toute cité dont l'histoire est manifeste imprègne l'espace de son identité, créant une aura spécifique, une enceinte immatérielle capable de *fertiliser* la ville.

Simone, écoutant disserter sa fille, jeta un regard éloquent à Michel qui hocha la tête. Emma était une dilettante !

— Le point culminant, dit Simone, c'est bien sûr la galerie Borghèse.

— On y va, s'écria Emma.

Il y eut deux problèmes à régler. Comme ils n'avaient pas réservé, il fallut charmer le préposé de la billetterie pour obtenir le droit d'entrer à l'heure suivante. Ce système de réservations permettait de contrôler le flux des visiteurs. Magdalena sortit le grand jeu avec la complicité d'Emma, devenue pour l'occasion sa nièce d'Amérique qui allait défaillir d'inanition culturelle si elle ne voyait pas les œuvres du Caravage et du Bernin *tout de suite*. Emma s'exclama d'une voix plaintive et nasillarde : « *Oh my God, pleeeaaaase, Bernini's soooooo great !* » Le bonhomme, manifestement plus sensible à la beauté majestueuse de Magdalena qu'à l'insuffisance culturelle chronique de son Américaine de nièce, finit par arranger ça.

Second problème, il fallait attacher Pannacotta dehors. On chercha un endroit approprié en se croisant les doigts pour qu'elle ne réagisse pas trop bruyamment à sa mise à l'ombre. Au bout de la grille de fer des jardins de la galerie, on découvrit un petit coin protégé par des bosquets. De l'intérieur de l'édifice, il leur suffirait de jeter un coup d'œil par les fenêtres de temps en temps pour l'apercevoir. Heureusement, la chaleur lui avait ôté tout entrain. Elle se laissa attacher sans rechigner, la langue pendante. Magdalena sortit un bol de son sac à dos et le remplit d'eau. La chienne but à grandes lampées et roula sur le côté. Une minute plus tard, elle ronflait.

Il faisait bon dans la villa et ils jouirent tranquillement des salles. Les œuvres regorgeaient de transports infinis, d'emportements de l'âme et de lumière charnelle. Michel finit par se sentir lui-même tout gonflé d'exaltation.

— Pauvre Caravage, dit Emma, en ressortant.

— Caravaggio ne faisait pas pitié, précisa Magdalena. C'était un enragé.

— Il vivait dans une Rome enrageante, répliqua Emma.

— Il n'était pas pauvre non plus.

— Il est quand même mort dans la misère, insista Emma.

— Ses tableaux sont à couper le souffle, reconnut Magdalena, mais l'homme était détestable.

— L'artiste ou l'œuvre ? Vieux dilemme, dit Michel.

— On vit tous ce genre de dilemme, pas seulement les artistes, s'énerva soudain Simone. On ne sait jamais si on est jugé sur notre réputation ou sur nos accomplissements. Est-ce que je dois gérer mon école ou soigner mon image ? Dois-je veiller à l'épanouissement des enfants ou mousser la réputation du programme ? Après, on se demande si notre travail a encore une valeur.

Michel s'étonna d'entendre son ex s'exprimer si vivement au sujet des pressions qu'elle subissait au boulot. Simone parlait le moins possible de son école à la maison et ne se plaignait jamais du manque de reconnaissance. Elle avait toujours tenu à séparer sa vie privée de son rôle professionnel. Magdalena, elle, avait eu accès à cette part dérobée.

Pannacotta n'avait pas bougé. Elle méditait en les attendant, le menton appuyé sur ses pattes croisées et le regard de sa vieille âme insondable posé sur le temps. Les voyant approcher, elle dressa le museau et se leva aussitôt, la queue battant vigoureusement.

Le pique-nique fut champêtre et abondant à souhait. Tout était resté bien frais. On porta un toast aux vertus du sac réfrigérant. Les trois femmes s'alanguirent sur l'herbe et Michel s'installa sur une grosse pierre plate au sommet de la cascade avec une bouteille de vin. Il se grisa convenablement en écoutant le chant des oiseaux, la musique de l'eau et les propos des femmes. Leurs voix montèrent vers lui et se croisèrent, tantôt décousues, tantôt mélodiques. Pour une fois, Simone était joyeuse et insouciante. Emma se régala d'un petit melon à chair dense dont la pulpe rappelait le cantaloup, mais en plus savoureux. « Cet appétit insatiable pour toutes les nourritures du corps et de l'esprit fait plaisir à voir », dit Magdalena.

À la fin, Emma lança à brûle-pourpoint : « C'est bien beau, tout ça, mais le seigneur de la villa Borghèse était probablement un sale riche et un gros dégueulasse. »

Trois paires d'yeux circonspects se tournèrent vers elle.

— Les riches ne sont pas nécessairement sales, dit Simone. Les préjugés, Emma, ce n'est jamais intéressant.

— Je sais bien que les riches ne sont pas nécessairement sales, individuellement. Je parlais du caractère inévitablement salissant du pouvoir, répliqua Emma.

— Emma, dit Magdalena, si tu commences à faire le compte des souffrances sur lesquelles s'appuie la beauté de l'Italie, tu es aussi bien de te crever les yeux tout de suite.

Michel voulut intervenir. Il ouvrit la bouche, mais la referma aussitôt, avec une moue. « À quoi bon », songea-t-il. Mais trop tard, les trois femmes voulaient savoir ce qu'il en pensait.

— J'allais dire une évidence. On n'échappe pas au monde, Emma, et le monde est salissant. Mon métier m'oblige à soulever les saletés du pouvoir, et je n'ai jamais eu peur d'aller jouer dans la boue. Mais, en réalité, ce sont surtout *les petites saletés* qui finissent par nous encrasser. On n'est pas imperméables, Emma, il faut avoir un peu d'indulgence.

Michel entendait par *petites saletés* la fausse sincérité, les vérités toutes faites, les manipulations, les vœux pieux, l'esprit dogmatique, la démagogie, les projections, le déni. Bref, le mensonge sous toutes ses formes ; ceux qu'on raconte aux autres et ceux qu'on se raconte à soi-même. C'est dans la faille que la vérité humaine se révèle, avait-il maintes fois vérifié, et c'est en allant au fond des discours du pouvoir qu'il débusquait la faille. C'était là son devoir, son engagement. Mais la restauration de la dignité ne pouvait pas toujours être propre.

— Peut-être que mon auditeur idéal ne me voit pas comme le gardien de l'éthique que j'essaie d'être, ajouta-t-il en direction d'Emma, mais comme un simple agent de transmission du mensonge ambiant, un apparatchik au service de la suffisance ou même, comme tu le diras peut-être un jour, un sale con des médias.

— J'ai dû manquer mon cours d'éthique en philo, répondit Emma, parce que je ne comprends pas du tout de quoi tu parles, papa.

Simone intervint :

— Tout ce que ton père veut dire, ma grande, c'est : ne deviens pas cynique.

Michel vida son verre en se repentant d'avoir ouvert sa gueule. Magdalena l'observait, la tête inclinée de côté et le sourire ironique aux lèvres. Puis elle allongea la main pour caresser le bras de Simone. Aussitôt, celle-ci rangea les restes du pique-nique et proposa à Emma d'aller marcher, toutes les deux. « On revient dans une heure. » Elles disparurent rapidement de l'autre côté de la cascade. Michel devina que Simone voulait faire ses recommandations à sa fille.

Magdalena et lui, maintenant en tête-à-tête, eurent un moment de flottement. D'un même élan, ils ramassèrent les sacs à dos et suivirent Pannacotta dans un sentier odorant. Ils arrivèrent peu après en vue d'un petit bâtiment administratif qui avait l'allure d'une ancienne maison de jardinier. La grille de la cour était entrouverte et ils aperçurent un banc de pierre sous des orangers. Ils s'assirent à l'ombre des branches auxquelles pendaient des fruits déjà lourds.

— Je pensais bien avoir fumé le calumet de la paix avec Simone avant-hier soir, dit Michel. Mais bon. Ma présence ici la dérange.

— Je ne sais pas ce qu'elle a, répondit Magdalena, perplexe. Mais je ne suis pas sûre que tu sois en cause. C'est peut-être moi – enfin, elle et moi. Elle dort très mal.

Il faisait trente-sept degrés et ils n'avaient plus d'eau. Magdalena voulut remplir une bouteille et se dirigea vers le bâtiment administratif. La porte était close.

— Attends-moi, dit-elle à Michel en lui confiant Pannacotta.

Elle partit à la recherche d'un de ces marchands ambulants de boissons dont le char sur roues annonçait *bibite* (boisson, en italien), ce qui avait fort amusé Emma, un peu plus tôt.

La chienne tourna la tête vers Michel et flaira sa main d'un air soucieux. Lui-même humait l'air languide sous le parfum des orangers. Le museau de Pannacotta était humide. Ils se regardèrent un instant et il lui caressa distraitement les oreilles. Le temps libre qu'il goûtait lui fit penser à la longue et plate réalité qui l'attendait à son retour. Comment faire pour ne compter que sur soi-même soir après soir, matin après matin ? Il n'avait plus tant d'amis à Montréal. Les liens s'étaient effilochés. Marc, de qui il s'était déjà senti si proche, était maintenant son supérieur hiérarchique, ce qui imposait une certaine réserve. Il aimait bien deux de ses collègues féminines, mais sa réputation de séducteur constituait un obstacle à l'amitié. Trop de sous-entendus, réels ou supposés. Manon, sa chère *réale*, était devenue une sœur pour lui, avec tout ce que cela comporte d'affection et de tension territoriale. Quant à Stéphanie, leur proximité n'atténuait pas la distance sémantique qui séparait les termes *fuck friend* de l'amitié telle que la concevait Michel.

Ces dernières années, réunir leurs amis avait été l'affaire de Simone. Elle y tenait sans doute plus que lui puisqu'elle y mettait plus d'efforts, planifiant soupers à la campagne, lunchs en ville, sans oublier la fête annuelle au bord de la rivière, qu'ils avaient annulée cette année et qui n'aurait peut-être plus jamais lieu.

Enfin, Michel avait cette idée saugrenue que le temps libre est celui qu'on ne planifie pas. C'était si simple d'aller prendre un verre dans un bar fréquenté par la faune du milieu et de rigoler avec ceux qui se trouvaient là. La surprise des rencontres spontanées était ce qui le stimulait le plus. Évidemment, il arrivait qu'une femme lui tombe dans l'œil. Il devenait alors terriblement charmant.

Magdalena lui tendit une bouteille d'eau et se rassit à ses côtés. Il se sentit tiré d'une rêverie profonde.

— Je pensais que tu dormais.

— Non, mais j'étais complètement parti.

Sa voix sonna désaccordée à ses propres oreilles.

Ils se retrouvèrent tous à la sortie du parc. Le fond du ciel se colorait déjà. Demain matin, le vrai voyage commençait. Il louerait une voiture sport de rêve et filerait sur les routes avec Emma.

— C'est notre dernier soir ensemble, dit Emma. Faut faire quelque chose.

— *Santa Maria* qu'elle a de l'énergie, cette fille, s'écria Magdalena.

On déposa une chienne complètement épuisée à la pension et on se rendit chez Alfredo, *via* della Scrofa. Les fettucines, délicieuses, goûtaient Rome. On traîna à table, on porta des toasts et on rentra tard.

Au milieu de la nuit, Michel se leva avec sa soif et son envie de faire pipi habituelles. En arrivant à la salle de bain, il entendit un long soupir se faufiler sous la porte des femmes. Il reconnut le frémissement de Simone, comme des bulles de soie à la surface d'un lac. Craignant qu'elles remarquent sa présence, il rebroussa chemin. De retour dans sa chambre, il se vit contraint d'uriner dans le pot de fleurs.

7

Les douze journées suivantes que Michel passa en compagnie de sa fille lui laissèrent une impression de conversation ininterrompue, ponctuée de paysages, de repas, de promenades, de visites culturelles et de moments de paix. Une vraie conversation, rare et *old-fashioned*, qui se fait à deux, comme une danse.

Ils prirent la route entre Rome et les Abruzzes le lundi matin. Simone, Magdalena et la chienne étaient reparties très tôt. Diverses tâches les attendaient à la villa. Les adieux avaient été brefs et bien sentis. Personne ne souhaitait s'appesantir. Pannacotta avait sauté sur la banquette arrière de la petite Fiat et s'était tassée sur elle-même pour faire une place à Emma et Michel. Quand elle avait compris qu'ils ne montaient pas la rejoindre, elle s'était allongée d'un air déçu, le regard voilé d'ombre. Emma lui avait dit au revoir en lui entourant le col des bras et Michel avait caressé ses oreilles toujours aussi douces et duveteuses. *Ciao, Pannacotta Bella, ciao.*

Une heure plus tard, Michel prenait possession d'une superbe Alfa Romeo 8C Spider décapotable louée à prix d'or. « Pas de regret », se dit-il en tendant sa carte Visa au concessionnaire. Michel n'avait pas d'affection particulière pour l'argent, mais il adorait le dépenser. Il s'était bien sûr embourgeoisé, mais il continuait à se sentir à gauche du centre ; ce qui n'est pas un exploit de nos jours, considérant à quel point le centre s'est déplacé vers la droite. Quand il s'empara du volant, le cuir souple qui le gainait lui parut aussi doux que les oreilles de Pannacotta. Emma, qui trouvait que la voiture avait un air de famille avec l'Aston Martin de l'agent 007, joua les *Bond Girl* en sautant sur le siège sans ouvrir la portière.

Ils roulèrent beaucoup, cavalant dans les campagnes, en évitant si possible les autoroutes à péage. Ils s'arrêtaient le plus souvent après deux heures et faisaient escale dans un village ou une petite ville, dénichaient une chambre et passaient le reste de la journée et de la soirée sur place. Emma, son éternel guide en main, organisait les activités. Michel se laissait conduire et ne râlait qu'après une énième visite d'église ou de musée avant de se réconcilier, assis à une terrasse avec un verre de *prosecco*.

Ils piquèrent vers l'est, sillonnant les Abruzzes jusqu'à l'Adriatique et longèrent la côte en remontant vers le nord. Puis ils virèrent à l'ouest et traversèrent toute l'Ombrie jusqu'à la mer Tyrrhénienne. Michel arrêta la voiture au bord d'un village côtier devant une mer inquiète et proposa à Emma de se dégourdir les jambes. Ils arpentèrent une plage de petites pierres polies, parmi des odeurs de poisson grillé. Michel s'immobilisa un instant pour évoquer la

Corse, le front tourné vers l'île mythique au nom de rêve, cachée au-delà de l'horizon. Emma savait qu'il avait toujours voulu y aller mais ne l'avait jamais fait.

— Pourquoi donc? lui demanda-t-elle.

— Ce n'était jamais le bon moment, ou bien le temps nous manquait. On se disait : « La prochaine fois. »

— Tu iras avec ta deuxième femme.

Ils zébrèrent ainsi la moitié nord du pays en poursuivant leur conversation au rythme de la Spider, ne s'attardant jamais plus d'une nuit sur place, sauf à Florence et à Venise. Certaines escales furent mémorables. Michel déployait ses antennes. Il saisissait tout, accueillait tout : un éclair rosé sur bois de Fra Angelico, le goût d'un fruit gorgé de soleil, la lumière ocre d'une fin d'après-midi, les odeurs salines d'une aube, le chant revêche d'un vent décoiffant, le domaine paysan où ils contemplèrent toute une matinée un horizon de collines couvertes de vignes et d'oliviers qui avaient l'air d'être là depuis cinq cents ans.

Un jour, Emma voulut voir les fresques de Giotto à Padoue. On y alla. Michel regarda sa fille tourner sur elle-même dans la chapelle, bouche bée et des larmes de joie aux yeux, elle-même un ange parmi les anges si poignants du peintre. Le lendemain, Michel voulut boire une grappa à Bassano, ils prirent une chambre à la villa Brocchi Colonna, coûteuse extravagance avec lits jumeaux d'antan et fenêtres plombées s'ouvrant sur une Vénétie bucolique à souhait.

Il se grisa avec une grappa exceptionnelle et un peu de mauvaise conscience, puis il ronfla toute la nuit, comme un débile, selon sa fille qui se vit contrainte d'aller nicher dans la baignoire. Michel la trouva là au petit matin avec son oreiller et ses couvertures. Il était suffisamment mal en point pour se demander si cette vision n'était pas un effet de sa gueule de bois.

À Venise, ce fut au tour d'Emma de s'écrouler en travers de son lit en hoquetant, complètement paf. Michel l'aida à se glisser sous son édredon, ce qui lui valut un épisode de franche rigolade. Après cela, il traîna la lampe sur pied de la chambre jusque sur l'étroit balcon et lut comme un bienheureux sous les étoiles, perché au-dessus d'un petit pont de pierre pâle jusqu'à ce que sa fille le rejoigne en gémissant. Elle avait mal au cœur. Michel lui suggéra de se laisser aller en marmonnant quelque chose à propos d'un vain combat. Elle se pencha aussitôt sur le canal et rendit tout ce qu'elle avait ingurgité. Puis elle s'écroula, le front contre le fer forgé frais de la balustrade. Michel scruta l'eau noire avec inquiétude, puis il s'accroupit près de sa fille et lui caressa le dos. Il l'aida ensuite à se débarbouiller, à se rincer la bouche et à se recoucher. Il la borda et lui retira d'une main caressante les mèches de cheveux du front. Ah, ces vieux gestes.

Un peu plus tôt en soirée, dans les jardins de la Biennale, elle lui avait posé une grosse question.

— Est-ce que ça t'arrive, papa, d'avoir l'impression qu'il ne suffit pas d'exister pour vivre?

Michel avait levé la tête, attentif.

— Je ne veux pas me tromper, avait-elle ajouté. Je trouve notre monde éteignoir. Je ne veux pas me réveiller dans dix ans comme quelqu'un qui calcule ses gains et ses pertes ou qui se contente de vivoter.

— L'intelligence est de bien peu de secours ici, Emma. Écoute ton cœur.

Maintenant, tandis qu'elle était assommée par les brumes de l'ivresse, le souffle hachuré et l'haleine âcre, il saurait mieux lui répondre. Vivre est un élan qui vous grise sans vous soûler. Cela s'apprend comme on apprend à boire.

À Florence, à l'Académie, Emma était tombée en arrêt devant le *David*. « Si je rencontrais un gars aussi beau, avait-elle dit, je le coucherais dans mon lit et je lui ordonnerais de ne plus bouger. » Michel avait glissé, goguenard : « Dommage qu'il soit de marbre. » Mais elle lui avait répondu qu'à bien y penser elle ne voudrait pas d'un *chum* aussi beau dans la vraie vie. Ça la soûlerait.

Les jours filèrent si vite que la fin survint presque à l'improviste. Emma envisageait déjà de faire la côte amalfitaine à Noël. Ce serait une surprise pour sa mère. Elle pourrait organiser l'affaire en secret avec sa belle-mère.

— Belle-mère ? Tu appelles Magdalena « belle-mère » ?

— Ben quoi, je ne peux quand même pas l'appeler « beau-père ».

— « Ma tante », peut-être ?

— Voyons, papa, Magdalena est tout sauf la sœur de maman.

Des vignobles bien ordonnés s'étendaient à perte de vue. Michel accéléra sans s'en rendre compte.

— Papa ?

— Hum ?

— Avez-vous attendu que je sois majeure pour vous séparer?

— Absolument pas.

— Papa?

— Hum?

— Tu vas vite.

Il leva le pied, ce qui lui donna le temps d'apercevoir un village juché sur une colline. Ils prirent la sortie et longèrent un muret de pierres bordé d'arbres qui serpentait jusqu'au sommet d'un coteau. Là, une brise agréable les reçut. Ils découvrirent une petite place publique et un belvédère d'où ils voyaient toute la région. Rien de spectaculaire, mais un charme fou.

— Toute cette beauté, soupira Emma. Depuis qu'on est en Italie, je me rends compte que je m'enthousiasme pour une histoire et une culture qui sont comme les restants d'un festin terminé. C'est ça mon problème avec la médecine: il faudrait guérir le monde, parce que c'est lui qui rend les gens malades. Toi aussi, papa, tu te plains du nivellement par le bas à Radio-Canada et tu fais ce que tu peux, mais tu as seulement une voix.

Michel passa le bras autour de ses épaules. Il lui raconta que, lorsque la génération formée en gestion et communication s'était installée à la direction, le vocabulaire avait changé. Il ne s'agissait plus d'inventer la radio, mais de la promouvoir. Il avait bien sûr ressenti ce remplacement des gens de métier par les vendeurs comme une perte. Mais il s'était efforcé de ne pas se perdre lui-même et de garder le cap.

— Mon seul vrai tort est d'avoir trouvé les nouveaux gestionnaires un peu ridicules, si bien que je n'ai pas vu le danger dans le virage. Quand j'ai compris ce qui se passait, il était trop tard. J'ai manqué de clairvoyance. Comme j'en ai manqué avec ta mère. J'espère que je ne te déçois pas trop.

— Je ne peux pas imaginer le jour où tu vas me décevoir, papa.

— Tu as une sacrée belle tête, ma grande. Tu es vraiment quelqu'un.

Tel fut le point d'orgue de leurs douze journées de conversation.

8

Ils gagnèrent doucement la villa toscane de Magdalena en empruntant une route secondaire à Livourne. Emma ne crut voir qu'une petite maison avec des murs en crépi terre de Sienne et un toit de tuiles d'ardoise. Elle demanda à son père pourquoi on l'appelait « une villa ».

— Parce que c'est en Toscane.

Le site était tout de même impressionnant. Orienté vers l'ouest, il donnait sur les montagnes au loin, d'où l'on pouvait entendre la mer par gros temps, disait-on. Un muret de pierres bornait l'avant de la propriété, et des arbustes fournis et denses, les côtés. Enfin, à l'arrière, une pergola au toit de vigne côtoyait trois oliviers rachitiques qui se contorsionnaient devant une bande de terrain en friche avec, au fond, une rangée de cyprès fuselés.

Les deux femmes sortirent de la villa avec empressement en les voyant arriver. La *Bond Girl* s'éjecta de l'Alfa Romeo. Simone ouvrit les bras.

— Belle voiture, commenta Magdalena en s'approchant de Michel, demeuré assis.

Il sourit fièrement, caressant le cuir de son volant du bout des doigts.

— Beau voyage?

Son sourire s'élargit.

— Très.

— Tu peux laisser la voiture ici. On t'a préparé une chambre d'amis. Viens, je vais te montrer.

— Merci, mais je dois repartir.

— Comment ça? Ton avion ne décolle pas demain midi?

— J'ai changé mon vol. Je n'avais pas envie de rentrer tout de suite. J'ai réservé dans une auberge et j'ai encore un bon bout de route à faire.

— Papa veut voir les Alpes, dit Emma à Simone.

Michel ne souhaitait pas s'expliquer. Ce changement de programme était un pied de nez impulsif aux choses que l'on fait parce que l'on est justifié de les faire. Évoquer quelques jours en montagne reviendrait à avouer qu'il ne voulait pas redescendre sur terre tout de suite. Mais bon. Cet irrésistible appel des hauteurs n'était pas une raison pour expédier les salutations. Il sortit de la voiture, accepta un café et porta les bagages d'Emma jusqu'à sa chambre. Là, elle ouvrit son sac à dos et lui tendit un petit paquet. C'était un carnet pour écrire. Des pages de différentes couleurs avec, coin supérieur côté tranche, une image de madone en vespa. Elle avait écrit sur la page de garde: *Merci, mon papa, je t'aime.*

— Ton café, Michel, cria Simone de la cuisine.

Surgissant de l'arrière, Pannacotta accourut. Emma s'accroupit, bras ouverts, pour l'accueillir. La chienne se lança dans un concert de soufflets et de grognements.

— Emma, la chienne reste dehors, prévint Simone en tendant son macchiato à Michel.

Michel but son café, jasa un peu, répondant surtout aux questions des deux femmes, puis il se leva.

— On dirait que tu te sauves. Est-ce qu'il s'est passé quelque chose avec Emma ?

— Il s'est passé plein de choses, Simone. Emma va te raconter. Je ne veux pas vous déranger plus longtemps.

— Si vraiment tu ne veux pas nous déranger, dit Magdalena, promets que tu vas repasser par ici à ton retour et rester une nuit avant de rentrer à Montréal.

— Promis.

Michel expédia les au revoir. Il ne voulait pas être grossier, mais il était sur son erre d'aller. Il n'avait plus la responsabilité de sa passagère et avait hâte de pousser la Spider pour voir ce qu'elle avait dans le ventre. Il lui fallut encore caresser Pannacotta et échanger de ces paroles qui vous donnent l'illusion d'être quitte. Alors seulement, verres fumés sur le nez, il put mettre le cap sur les Alpes.

Au milieu des lacis de la route, les pics enneigés jaillissaient les uns après les autres. Leur blancheur terrible dans le couchant, si surprenante dans l'air chaud, l'exaltait. Il buvait la perspective de ces neiges et les bulles suaves de la vitesse comme un champagne. Testant la limite d'adhérence de ses roues, la Spider vibrait dans le paysage, lui donnant l'impression de faire corps avec la fluidité de la nature.

Il arriva affamé à l'auberge, déposa ses bagages, prit une douche et gagna la salle à manger tout en poutres noircies. Par les hautes fenêtres, il aperçut un large patio où plusieurs clients étaient installés, mais il resta à l'intérieur, au frais. Il commanda une fricassée de lapin, refusa le dessert et le café, mais accepta une grappa et savoura un moment de paix parfaite. On ne pouvait demander davantage à l'existence.

Des verres tintinnabulèrent derrière lui et une longue note de cristal se détacha du fond sonore d'ensemble. Il se retourna discrètement. Assis près des fenêtres, un colosse, la flûte encore levée, portait un toast à sa compagne. Elle, toute menue, bien qu'arborant avec panache de très gros seins, riait de ravissement. Tous deux quadragénaires, ils fêtaient peut-être leur anniversaire de mariage. L'homme avait des gestes d'une élégante vivacité. De les voir si manifestement émoustillés faisait plaisir à Michel. Puis il nota plus loin la présence de deux femmes qui discutaient au-dessus de leur café. Toutes deux divorcées et de sa génération, jaugea-t-il. Pas de la région, ni même du pays. Allemandes, peut-être. L'une, longue et pâle, parlait d'un sujet visiblement sérieux. L'autre, une petite noiraude potelée, l'écoutait avec réserve ou ennui, dur à dire. Se sentant soudain observée, la noiraude potelée loucha vers Michel, et une petite fossette malicieuse apparut sur sa joue. Il devina qu'elle était aussi seule et sans attaches que lui. Ses instincts charmeurs distillèrent aussitôt dans ses veines trois gouttes d'excitation, d'expectative et de défiance. Finie la paix parfaite.

Pour séduire une femme de cette maturité, une belle voix ne suffit pas. Le charme opère les dix premières minutes, après quoi il faut avoir de la substance et se montrer généreux de sa personne. Il était fatigué et n'était pas sûr de pouvoir être à la hauteur ce soir. Néanmoins, il héla la serveuse et offrit le digestif aux deux voyageuses. Voyant les verres arriver à leur table, elles se tournèrent vers lui. La longue pâle le salua poliment, les yeux froids, mais sa jolie noiraude l'invita d'un geste. Michel esquissa un demi-sourire qui ne révélait ni ne masquait rien de trop engageant, saisit sa grappa et se joignit à elles.

Elles parlaient effectivement allemand entre elles, mais elles n'étaient pas allemandes. Avec Michel, ça se passa en anglais. La noiraude, dont les courbes annonçaient une peau très douce, était finlandaise, et la longue pâle, dont le visage était émaillé de taches de rousseur, autrichienne. Elle s'appelait Lotte. Elle était architecte et travaillait pour un bureau spécialisé dans les constructions en montagne. La Finlandaise se prénommait Pamela, elle était designer et représentait une firme de bois scandinave. Toutes deux étaient liées à un projet conjoint de complexe hôtelier rustique haut de gamme pour la région.

Michel écouta poliment Lotte parler de leur projet. Elle répétait le mot *concept* à chaque phrase et cela sonnait de plus en plus creux. Quand, décrivant la charpente, elle évoqua l'hôtel Sacacomie et *la cabane au Canada*, il cessa tout bonnement d'écouter et se contenta de hocher la tête en suivant les mouvements de sa bouche, comme il savait si bien le faire. Lotte avait de longues dents qui l'obligeaient à retrousser les lèvres pour assurer son élocution. Enfin, elle pointa le menton vers lui et lui demanda une opinion qu'il n'avait pas.

— *Oh, you know*, broda-t-il. *Actually, I'm not sure. I mean... In fact, I sort of wonder... yes?*

— *Absolutely!* s'écria Pamela.

Se tournant vers sa partenaire, elle ajouta, toujours en anglais pour que Michel comprenne:

— C'est exactement ce que je te disais, Lotte, même chose. Tu vois?

Michel n'avait aucune idée de ce dont il était question, mais s'il ne voulait pas se faire embarquer dans quelque galère, il devait s'emparer des rennes de la conversation. Présumant que les divorcées s'imaginent que les bons pères sont des bons gars, il se lança avec chaleur dans le récit de son voyage avec sa fille, tirant même de sa poche de veste le carnet orné de la madone en vespa.

— Elle m'a donné ce très joli carnet, dit-il.

— Comme c'est charmant, soupira Pamela.

— Vraiment, oui, d'autant plus que je ne lui ai pas fait le moindre présent. J'avais l'intention de lui acheter des romans italiens, mais bon...

— On peut supposer que le voyage lui-même est votre présent pour elle.

— Je dirais plutôt que sa présence a été un présent pour moi. C'était le bonheur.

— *Prost*, conclut l'Autrichienne qui n'avait pas montré grand intérêt envers cette chronique familiale.

Michel, refroidi, ne sut plus comment poursuivre.

— Bon, eh bien, merci pour cette belle soirée. Si vous voulez bien m'excuser, j'ai fait beaucoup de route aujourd'hui, alors…

En se levant, il sentit l'alcool qu'il avait ingurgité se rappeler à ses sens.

— Oups! Je pense que j'ai besoin de prendre un peu l'air avant d'aller au lit.

— Je ne détesterais pas marcher un peu, moi aussi, lança la Finlandaise d'une voix enjouée. C'est à cause de votre grappa, Michel; tout ça, c'est votre faute.

— Dans ce cas, ma faute me fait plaisir, Pamela, répondit-il. Et vous, Lotte?

L'Autrichienne fit non de la tête et leur souhaita bonne nuit.

Ils suivirent un petit sentier derrière l'auberge. L'air doux et l'obscurité les incitaient à marcher l'un contre l'autre en silence. Michel était très conscient que son anglais avait quelque chose d'un peu désincarné, comme s'il récitait des répliques apprises par cœur. Mais Pamela aussi parlait un anglais d'emprunt légèrement décalé. Il lui demanda de dire quelque chose en finnois. Il voulait entendre sa vraie voix. Elle s'exécuta volontiers, d'un timbre beaucoup plus chantant dans sa langue maternelle, mais elle refusa obstinément de traduire ce qu'elle venait de raconter. Les étoiles étaient scintillantes et nombreuses, et Pamela passa sa main sous le bras de Michel en faisant remarquer que le ciel était ici très différent de chez elle, que les constellations n'étaient pas à la même place. Michel, sensible à sa petite main chaude, acquiesça en silence. Au bout du sentier, un massif rocheux les empêcha de continuer. Cela rappela à Michel – Dieu sait pourquoi – une histoire de fantôme et de vent qu'il avait entendue à la Pointe-Taillon, au Lac-Saint-Jean. L'histoire, empreinte de nordicité, de hantise obscure et de nature âpre, donnait des frissons. À son tour, Pamela raconta une histoire de hutte hantée au fond d'un archipel qu'une chaloupe parcourt toute seule les nuits sans lune. L'effroi excitait leur imagination. Pamela avait la chair de poule et se blottit contre Michel. Il lui pressa la taille. Elle lui fit un sourire plein de petites dents joyeuses. Il s'imaginait très bien embrassant cette bouche-là.

— *Soooooo*, dit-elle enfin en avançant les lèvres, *should we have sex?*

Michel, pour toute réponse, éclata de rire. Cette expression, littéralement intraduisible en français, voire inconcevable, avait le mérite de ramener les attentes à de justes proportions.

— Pourquoi ris-tu? J'espère que je ne suis pas trop directe pour toi.

— Je ne ferai pas semblant de ne pas savoir comment composer avec la situation. Je ris parce que j'étais justement en train de me dire que j'avais très envie de t'embrasser.

Ils s'embrassèrent donc et il n'y eut plus à tergiverser. Ils filèrent à l'auberge. Pamela, qui voulait battre le fer tandis qu'il était chaud, préféra aller dans sa chambre à lui. La suite se déroula de manière plaisante et tout à fait convenable.

À chaque avancée, geste ou parade, Michel se rappelait à l'ordre : le sexe est un politicien qui fait beaucoup de promesses. « N'attends rien, suis le courant. Surtout, ne sombre pas dans l'inquiétude du mâle si d'aventure tu deviens trop pressé ou si la jouissance de Pamela s'avère incertaine, longuette ou compliquée. » Mais bon, finalement, ce fut ça. *They had sex.*

Alors qu'il commençait à donner des signes de fatigue, elle redoubla d'ardeur. Il sentit qu'il avait affaire à une femme en colère et que cette colère – contre qui ou quoi ? – décuplait son énergie sexuelle. Il pensa à Simone pour se fâcher un peu, lui aussi, afin de mieux négocier ce virage, et mit pour ainsi dire la pédale à fond. En fin de course, son freinage fut si rétrogradant qu'un petit déchirement au fond du ventre le fit grimacer. Une émission séminale de trop, songea-t-il. Il ne s'agissait plus guère d'orgasme ici ; tissus usés, plutôt, et curieux inconfort. Il cessa de bouger et relâcha les muscles de son abdomen. Son pouls battait furieusement dans son sexe, et le vagin de Pamela l'enserrait et le pressait par bouffées spasmodiques. Elle ouvrit une grande bouche éperdue et offrit à Michel un gémissement très pur, très mélodique. Elle s'enchevêtra à lui d'un air renversé qui rappela à Michel la sainte Thérèse en extase du Bernin. Puis il sentit le goût du lapin qu'il avait mangé lui remonter à la gorge.

Pamela lui demanda de se retirer tout doucement parce que ça chauffait. « Ce n'est pas toi, c'est le condom », précisa-t-elle. Elle se leva et courut à la salle de bain sans se préoccuper de refermer la porte. Du lit, il la vit s'accroupir sur le bidet et commencer ses ablutions. Il y avait quelque chose de si comiquement transgressif là-dedans qu'il la rejoignit et se lava le pénis dans le lavabo.

— *Well*, dit-elle, on n'est pas mal moins jolis qu'autrefois, non?

— Peut-être, mais on est beaucoup plus rigolos!

Pour le prouver, Michel exécuta trois pas de gigue tout nu en chantant un bout de refrain de Gilles Vigneault, ce qui la fit rire de bon cœur. Ils retournèrent se coucher. Il caressa son dos, les lacis de ses courbes, becqueta les petites perles moites de son cou, attendri par sa féminité si bienveillante. Car Pamela était toute bienveillance. Elle ne savait rien de lui et l'avait pris tel qu'il se présentait, avec ce corps-là, qui était lui. Combien de femmes à Montréal lui avaient avoué une fois au lit qu'il *ne ressemblait pas à sa voix*?

Le lendemain, il se réveilla seul et tout étonné de l'être. Elle lui manqua instantanément. Après un moment d'hébétude, il se leva et alla se doucher longuement en se demandant ce qui lui manquait précisément. Sa bouche? Sa bienveillance? Sa fossette? Sa chair pulpeuse? Sa colère sexuelle? Ou encore tout simplement sa chaleur féminine?

Il descendit prendre son petit-déjeuner. Lotte le salua de loin, elle partait. Il apprit que Pamela avait déjà quitté l'auberge; départ dont elle n'avait pas cru bon prévenir qui que ce soit. Il crut comprendre ce qui s'était passé. Les tractations avec cette Lotte aux yeux froids semblaient corsées; rien n'était joué entre elles. Pamela n'avait pas voulu quitter

126

cette auberge les mains vides. Il était peut-être le souvenir qu'elle emportait. À cette idée, il se sentit soudain comme un socle dont on viendrait de dérober la statue.

Le sentiment le plus universel est sans doute celui de la vacuité de l'existence. Il n'y a pas de petit ou de grand vide. Lorsque l'abîme s'ouvre, c'est toujours la même béance. Peu importe la gravité de l'événement qui l'a provoquée, la chute est imparable. Il n'y a rien d'autre à faire que d'attendre que ça passe. Pour Michel, la vacuité de l'existence n'avait rien de métaphysique ou de transcendant. Il avait réglé cette question depuis longtemps. La vie n'avait pas de sens au sens de signification, mais elle avait du sens au sens de direction. Ce matin, d'ailleurs, il savait très exactement où il voulait aller.

Il se rendit au pied du glacier en voiture. En marchant d'un bon pas, il se viderait la tête en une heure. Il emprunta le sentier le plus long. Le soleil était impitoyable et l'air brûlant. Son corps trouva rapidement son rythme naturel et sa sueur. La deuxième heure le mena à un torrent d'eau glacée qui, après un long coude, se déversait dans un bassin turquoise. Ne voyant personne aux alentours, Michel se déshabilla complètement et courut dans l'eau. Le froid mordant lui prit instantanément les chevilles en tenailles. Il ressortit de l'eau en lançant des oh! et des ah!, et rentra de nouveau, progressant jusqu'aux fesses, puis ressortant en sautillant et en riant comme un gamin. Puis il franchit le cap crucial des reins, s'aspergea prestement les épaules et la nuque, et piqua une tête dans le turquoise. Il nagea aussi vite que possible, battant vigoureusement des bras et des jambes pour se réchauffer. Quand son sang recommença à courir sous sa peau, il vira sur le dos et se laissa flotter, l'épine dorsale léchée par l'eau glaciale et la poitrine embrasée par le soleil. Régénéré et plus que rafraîchi, il se rhabilla et poursuivit son ascension.

Aux abords du premier sommet, il eut la surprise de voir s'ouvrir un peu partout de petites fleurs aux pétales jaune pâle. Fragiles, fripées comme au sortir du lit, elles s'accrochaient aux anfractuosités du roc en même temps qu'elles se hissaient pour s'en affranchir. Il en effleura quelques-unes des doigts. Ces fleurs de glacier étaient au plus près que l'on puisse approcher de l'éphémère sans mourir. Un coup de vent chargé d'odeur de neige le poussa en avant. Une fraîcheur bienfaisante lui caressait les bras. Il devint euphorique. Un peu plus haut, sous une lumière éblouissante, les neiges se confondaient avec le ciel. Si Pamela était restée, l'aurait-elle accompagné dans ces hautes blancheurs de juin ? Bien sûr que non. Quelle femme serait assez folle pour accompagner un homme qui cherche une chose dont il ne sait rien puisqu'il ne l'a pas encore trouvée ?

Il longea un escarpement qui commandait la prudence et put enfin, après l'avoir franchi, plonger sa main dans une neige granuleuse d'une opalescence de perle. Il en prit une poignée. Le temps d'ouvrir la main, la neige avait fondu. Il lécha l'eau au creux de sa paume. Un goût grisâtre. Il continua jusqu'au sommet où l'attendait un refuge offrant des boissons chaudes et un peu de repos.

Ils n'étaient que deux sur la galerie du refuge. Un peu plus loin, une femme d'une quarantaine d'années regardait le paysage, assise devant une soupe fumante. Elle avait un profil intrigant, une peau laiteuse rosie par l'air vif. Sa nuque sous cette lumière avait quelque chose de délicat et de mélancolique. La jeune fille qui assurait le service apporta à Michel une théière et une espèce de scone. Il sortit de sa poche le carnet d'Emma, mais il n'avait pas son stylo.

— *Scusi ?* Pardon ? *Entschuldigen ? Sorry ?*

— *Si ?* dit la femme en se retournant à peine, sans le regarder.

Michel eut l'impression de l'avoir tirée d'une profonde méditation. Elle lui prêta distraitement son stylo et reprit sa position.

Il écrivit une lettre à Simone d'un jet vif et continu. Puis il remit le stylo à la femme en cherchant ses yeux. Méditatifs. Presque dorés avec des reflets verts. Il entra dans le refuge, paya sa collation et acheta deux petites bouteilles d'eau.

Il mit deux fois moins de temps pour redescendre. L'air redevint vite très chaud, il vida ses deux bouteilles. Quand il croisa le bassin turquoise, il s'immergea de nouveau dans l'eau toujours aussi glaciale et, une fois de retour au pied de la montagne, il se retourna pour imprimer dans sa mémoire son parcours jusqu'au refuge là-haut, dont le toit réfléchissant brillait, presque doré et tirant sur le vert.

L'intérieur de l'Alfa Romeo était une vraie fournaise. Il la décapota et démarra en trombe, roulant aussi vite que possible pour s'éventer. Il s'arrêta au premier village. Un petit coup de lassitude le fit ranger l'Alfa Romeo à l'ombre et s'installer à une terrasse. Il mangea une salade de tomates et but un verre de vin. L'après-midi s'étira, il vit la lumière auréoler imperceptiblement le paysage de rose et d'or. Il détacha du carnet les pages de sa lettre à Simone. Il ne se souvenait déjà plus des mots, seulement de l'état de condensation dans lequel il était en l'écrivant. Il résista à l'envie de se relire pour ne pas se censurer, traversa jusqu'au kiosque, acheta une enveloppe et des timbres, et s'empressa de pousser sa lettre dans la fente postale avant de changer d'avis.

De retour à l'auberge, il mangea seul à la même table et reconnut quelques clients, dont le couple très amoureux. Ils ne trinquaient pas, cette fois ; ils étaient beaucoup plus tranquilles. Une famille de quatre occupait la table de Pamela et Lotte. Un garçon et une fille de dix, douze ans se chamaillaient en faisant des gestes de mains et de doigts dignes d'un mélodrame néoréaliste. Leur mère tentait de prendre un air sévère, mais elle s'amusait trop pour être convaincante. Dès qu'on leur apporta du pain, ils se jetèrent dessus. Le père détourna la tête et regarda dehors en respirant par le nez, déchirant des bouts de pain qu'il mastiquait avec énergie, la contraction des mâchoires montant jusqu'à ses tempes.

Comme un aveugle captant les émanations des autres, Michel sentit une vague de compassion l'envahir. Tous ces gens, qui faisaient ce qu'ils pouvaient, lui semblaient tour à tour drôles et tristes. Savaient-ils seulement ce qu'ils étaient venus chercher ici ?

Les trois jours suivants, il s'entraîna à vivre seul. Il fit des excursions, visita villages, églises, ruines et jardins. Si d'aventure quelqu'un l'abordait, il se montrait gentil et fier de baragouiner un peu plus d'italien chaque fois, et quand la personne le saluait pour poursuivre sa route, il se sentait en paix avec le monde. Une fois, il poussa la Spider jusqu'à

Gênes où il dénicha les romans de Moravia en édition bilingue pour Emma et les journaux internationaux pour lui. Il lut deux longues heures devant un carafon de *prosecco* et une petite assiette de *porchetta* très savoureuse.

La dernière soirée, une agréable brise soufflait et il s'installa dehors sur la terrasse. Deux hommes de son âge, assis à une table voisine, l'invitèrent à se joindre à eux. Il accepta avec joie. Tous deux universitaires de Vénétie, l'un en économie et l'autre en littérature, ils parlaient un excellent français. Un couple, soupçonna-t-il. Dès qu'ils apprirent qu'il était journaliste, leurs langues se délièrent. Ce simple mot, *journaliste*, avait parfois cet effet. Il donnait à certains l'envie de se livrer. Ils exposèrent les malheurs de l'euro, ainsi que ceux de cette pauvre Italie dirigée par un bouffon et qui, toute parée soit-elle dans sa dignité millénaire, s'enfonçait inexorablement.

— Telle Venise dans sa lagune, dit l'économiste.

— Telle la Winnie d'*Oh les beaux jours* dans son monticule, dit le littéraire.

— Enfin, comment faire progresser ce pays qui persiste à s'exciter pour des histoires de pape ?

En les écoutant, Michel comprit qu'ils espéraient l'alimenter de leur inquiétude citoyenne et contrer certains clichés et le dénigrement suffisant d'une certaine presse néolibérale. Il leur demanda à son tour comment rendre justice en un topo de trois minutes au lent travail du temps.

— Raconter une histoire ou raconter l'histoire, vieux dilemme, commenta Michel. Je fais un métier où l'actualité est seulement la surface du présent. Paradoxalement, plus on creuse les couches historiques et plus ce qui est complexe devient simple.

— Pour moi, dit le littéraire, rien n'est plus difficile à déchiffrer que le contemporain.

— Le monde actuel paraît confus parce que les couches économiques et culturelles sont entremêlées, dit l'économiste.

— Comme l'eau et le feu, dit le littéraire.

— Comme l'huile et le vinaigre, insista l'économiste.

— Ou comme un vieux couple, ne put s'empêcher d'ajouter Michel.

Les deux universitaires s'inclinèrent, amusés.

— Finalement, reprit l'économiste, vous ne saisissez pas plus que nous le monde que vous couvrez?

— Le problème, c'est comment être certain de sa propre lucidité? répondit Michel. Pour qu'un journaliste saisisse les choses importantes d'une situation, il doit d'abord être capable de les distinguer.

— Vous, Michel, êtes-vous un bon journaliste?

— Avant, je pensais que oui; maintenant, je ne le sais plus.

9

Le lendemain matin, Michel quitta l'auberge pour regagner la Toscane. Au sud de Parme où il fit le plein, il décida d'explorer la campagne jusqu'aux collines du Chianti. À Panzano, il visita un vignoble, envoûté par l'esprit doucement revendicateur des vignerons qui se réclamaient du *slow food* et pâmé devant l'hôtesse, une maîtresse femme absolument hors de portée. Il s'arrêta ensuite à Montepulciano et acheta des provisions pour les trois femmes. L'attention prêtée au bien boire et bien manger pendant ce voyage lui avait au moins réappris à cultiver son sens de la fête.

Il arriva à la villa vers vingt heures. Pannacotta se précipita avant même que Michel soit visible. Elle avait peut-être reconnu le son du moteur de la Spider.

— On commençait à croire que tu nous avais oubliées, lui lança Simone. On allait se mettre à table dehors. Magda a préparé des poivrons farcis.

Il lui tendit les victuailles qu'il avait achetées. Simone les rangea au frigo et on s'installa sous la pergola. Magdalena fit le service et la conversation. Les poivrons farcis goûtaient la maison, c'est-à-dire qu'ils avaient bon goût, mais étaient un peu banals. Même chose avec le vin, venu des collines avoisinantes. Pour finir, Magdalena servit des boules de melon avec une glace à la vanille. Au moment de débarrasser, Simone invita Michel à la suivre avec son bagage jusqu'au petit bureau où il dormirait ce soir. Là, sur l'écritoire ouvrable d'un secrétaire de bois, il aperçut sa lettre posée bien en évidence, non décachetée.

— Je l'ai reçue seulement ce matin. Sachant que tu t'en venais, je me suis dit que j'étais aussi bien de t'attendre avant de l'ouvrir.

— Tu as bien fait. Tu la liras quand je serai reparti. Je l'ai écrite au sommet des Alpes, dans l'euphorie du moment.

— Je la lirai demain, alors. Je te répondrai par courriel.

Ce point étant réglé, Simone ouvrit un tiroir latéral du secrétaire d'où elle tira une autre lettre, jaunie celle-là et décachetée depuis longtemps.

— En défaisant une boîte de livres, j'ai retrouvé ça aussi, inséré dans *L'hiver de force*.

— Quoi donc ?

— La lettre d'amour que tu m'avais écrite de New York, dit-elle. Tu étais malade et, moi, je passais Noël dans ma famille à la campagne. Tu t'en souviens ?

— Elle est à toi, Simone. Garde-la.

— Je l'ai relue. Elle m'a rappelé à quel point j'étais amoureuse de ce jeune homme-là. Et j'ai pensé que tu aimerais la relire.

Elle lui mit la lettre dans la main et disparut dans la cuisine où Magdalena s'affairait avec la vaisselle. Michel n'avait aucun souvenir de cette lettre. Puis ce fut au tour de sa fille de l'intercepter au passage. Elle l'entraîna dehors, vers les arbustes de gauche où dansait une colonie de lucioles. Leur multitude muette était presque assourdissante dans le noir. Ces lucioles rappelaient à Emma leur maison de campagne où elles pullulaient près des sureaux, clignotant comme des fées.

— Tu dis « lucioles », maintenant ?

— Les mouches à feu, papa, c'est comme le blé d'Inde.

Ils continuèrent jusqu'au bout de la propriété à la ligne des cyprès. Emma lui raconta les faits d'armes de Pannacotta, à laquelle elle s'était rapidement attachée.

— Tant mieux, dit Michel, ça te fera une amie toute l'année.

— On ne peut pas la garder. Maman est allergique.

Il s'arrêta et regarda sa fille. C'était donc ça, l'humeur difficile, les yeux larmoyants et les reniflements de Simone. « Et moi qui pensais que j'étais en cause, songea-t-il. Incroyable comme je peux interpréter les signes de travers. » Sa fille lui expliqua que la chienne passait maintenant tout son temps dehors, qu'elle n'entrait plus dans la villa. Là, ça allait, mais que ferait-on après la belle saison ?

— Il est tard, Emma, dit Michel. Si tu veux bien, on en reparlera demain matin avant que je parte.

Il ne dormit guère cette nuit-là, sa dernière en Italie. Il demeura allongé et se força au repos à coups de souffle océan, les yeux ouverts sur l'obscurité. Les profonds soupirs ensommeillés de sa fille filtraient à travers la cloison qui les séparait. Le bureau qu'il occupait était tout à fait confortable, chaque élément était à sa place. «Feng shui», comme disent les magazines, tous évidemment spécialistes du taoïsme. Mal dormir ici ne pouvait être que votre faute.

De guerre lasse, en sueur et la bouche sèche, il se leva et se rendit tout nu à la salle de bain où il but deux pleins verres d'eau. Il n'y avait qu'un vieux bain sur pied ici; la douche était dans le jardin – le père de Magdalena l'avait installée à l'angle de la villa, protégée par un paravent de bois.

Michel se doucha en tournoyant lentement sous le jet, ce qui le reposa mieux que de rester couché, et il laissa l'air le sécher. Les lucioles étaient maintenant disparues, ou bien elles dormaient. La lune reflétait sa bonne santé. Ses chairs se tenaient, malgré un petit épaississement à la ceinture. Il se sentait intérieurement comme s'il avait toujours vingt-cinq ans. Et la Simone qu'il voyait mentalement avait vingt-cinq ans, elle aussi. L'âge de sa lettre d'amour oubliée.

À l'aube, il n'y eut nul besoin de discuter du cas de la chienne. La passation de Pannacotta se fit comme la chose la plus naturelle du monde. Michel n'eut à se soucier de rien. Magdalena s'était déjà chargée des questions légales, logistiques et de transport, incluant la grande cage à tarif frauduleux qui les attendait à l'aéroport.

Michel devait rendre l'Alfa Romeo à Rome assez tôt pour être à Leonardo da Vinci vers les dix heures. Pannacotta mangea, courut librement tout son soûl avec Emma, fit ses besoins. Les nerfs et l'humeur de Michel commençaient à flancher. Simone s'en aperçut et mena les adieux rondement. Tout le monde s'embrassa. Michel remit à sa fille l'édition bilingue des œuvres de Moravia qu'il avait tant aimées, en espérant que ce ne serait pas pour elle de la littérature de purgatoire, assez ancienne pour ne plus être de notre temps, mais pas encore assez pour que son historicité produise de nouvelles résonances.

Quand il ouvrit la portière du passager, Pannacotta sauta joyeusement à bord et chercha par réflexe la banquette arrière avant de comprendre que la Spider n'avait que deux places. Magdalena demanda à Michel de mettre la capote, mais il n'en fut pas question. Alors la Grande Italienne s'ingénia à boucler la ceinture de sécurité autour de la bête en y entortillant sa laisse. « Comme ça, tu ne partiras pas au vent », expliqua-t-elle pour consoler la chienne qui gémissait d'être sanglée. Magdalena gémit à son tour. Emma commença à pleurer. Simone baissa la tête, bras croisés. Michel dit qu'il les aimait, qu'elles demeuraient sa seule famille et qu'il veillerait sur la chienne comme un berger. Enfin, n'en pouvant plus, il démarra sans attendre en criant : « *Ciao, ciao !* »

À Rome, le ciel était couvert. Il remit la Spider juste à temps. L'entreprise de location lui offrit un service de limousine jusqu'à l'aéroport. Là, Michel donna à boire à Pannacotta et lui fit faire un arrêt-pipi sur un monticule d'herbe coincé entre deux rampes de stationnement. Ensuite, elle intégra sa cage sans rechigner et prit la direction de la soute, ses grands yeux sages fixés sur Michel. Quand elle disparut à sa vue, il se sentit tout retourné.

Quelques heures plus tard, au-dessus de l'Atlantique, il déplia les quatre feuillets de sa vieille lettre d'amour à Simone. Le papier jauni, mince, crissa entre ses doigts. L'encre était mauve, et sa calligraphie, emportée. Il avait écrit tout cela d'un jet, sans ratures, et sans se relire probablement.

Chère Simone de mon cœur,

Je passe Noël à New York, comme Blaise Cendrars. (Ici, Simone avait corrigé dans la marge : *Non, lui, c'est Pâques.*) *J'écoute le disque de Tom Waits. Il est trop beau pour moi tout seul et je le fais jouer en t'écrivant pour mieux m'imaginer que tu l'écoutes avec moi.*

Je t'écris du lit du B & B où je me débats avec une fièvre, un mal de tête et une indigestion. Il ne fait pas chaud, je dois dire. C'est humide et j'ai les extrémités glacées. J'en ai pour vingt-quatre heures à me traîner. C'est bien simple, chaque fois que je tombe en vacances, je tombe malade.

Drôle d'expression, ça, « tomber en… » On dirait qu'on déchoit ; la chute, le plongeon… Sauf qu'en tombant en amour avec toi je n'ai pas déchu. Au contraire. Tout en moi s'élève à ton contact (et pas seulement tu sais quoi). Ma seule peur aujourd'hui est de tomber de trop haut un jour si la vie nous sépare.

Je suis en train de t'écrire des niaiseries sentimentales. Mais bon. Dans un monde qui se durcit, on cherche le tendre comme un droit de rêver. L'amour a ça de commun avec le passionnant métier que j'apprivoise : il permet à ceux qui se préoccupent de l'état des choses d'apporter à la réalité un peu plus de consistance. Car la réalité est un océan où l'on surnage sans repères parmi des gens aussi ballottés que nous.

Avant le journalisme, je rêvais d'être historien. En histoire, les vies sont explicables. Les personnages historiques sont heureux, même s'ils disent le contraire, car ils ont leur place, on les accepte tels qu'ils sont et leur parcours est logique. Nous, les sans-histoire, nous nous démenons à tort et à travers pour simplement trouver le chemin devant nous. Les gens qui sont prêts à raconter leur vie vingt-quatre heures sur vingt-quatre dès qu'on tend un micro sous leur nez ne font peut-être que débroussailler anxieusement leur histoire pour se prouver qu'ils en ont une. J'ai peut-être moi-même été attiré par ce métier pour oublier le sentiment de mon insignifiance.

J'arrête, je ne veux pas t'accabler avec mes doutes existentiels. Tu me l'as assez dit, je suis un insatisfait. Mais t'écrire m'apaise. Tu m'entretiens d'espoir. Au-delà de ta beauté et de ton corps si émouvant, je te regarde poursuivre ton but et je me réchauffe à ta flamme intérieure. Même si tu sais que tu ne pourras jamais sauver tous les enfants dont tu t'occuperas, ta flamme te pousse au point qu'elle irradie de ton cœur. Et c'est ainsi que tu contribueras toute ta vie à libérer des dizaines d'enfants de l'idée pauvre qu'ils ont d'eux-mêmes – et qui est bien la pire des pauvretés.

Ah ! Je viens d'avoir un flash de toi : la première fois qu'on a couché ensemble, je me suis éveillé au petit matin et tu dormais comme un bébé, la bouche ouverte. Tu gémissais et tu bavais sur l'oreiller. Et tu me bouleversais.

Je ne sais pas de quoi j'ai l'air quand je dors. Je sais seulement que je respire parfois très fort. Un jour, sans doute, je ronflerai. Et cela sera peut-être désespérant pour toi.

Bon. J'arrête ici, le cœur dans la gorge, fiévreux mais content. Il me semble que tu es toute proche. J'espère que mon colis va te faire plaisir. Tom Waits m'emballe, alors je te l'emballe avec ces mots et je te murmure à l'oreille avec tout ce que j'ai d'amour mal avoué :

Bonne nuit, ma beauté, bave bien et fais-moi bien baver,

Michel

Il replia précautionneusement la lettre comme si le papier allait s'effriter entre ses doigts. Il se lisait là tel qu'il ne se souvenait plus d'avoir été. Cette sensibilité à fleur de peau, ou cette sensiblerie, il ne savait trop, lui semblait quelque peu maladive, c'est le cas de le dire, et sa lettre naïvement maladroite, à la limite de la stupidité. Mais il ne vit pas, ou ne sut pas voir, ce qui béait entre les lignes. Ses parents étaient morts depuis cinq ans quand il avait écrit cela. Cette lettre était celle d'un orphelin qui n'a pas encore capitonné son cœur.

L'ESPÉRANCE DE LA CHIENNE

1

Une des premières choses que Michel régla à son retour au Québec fut la vente de la maison. Quarante-huit heures après son atterrissage, il communiquait avec un courtier immobilier dont le visage apparaissait sur plusieurs affiches du quartier avec le bandeau « *vendu* » collé sur son front.

En plus de vendre la maison, Michel le chargea de lui dégoter un de ces condos qui poussent en ville et dont on ne sait déjà plus que penser. D'ici la rentrée automnale, il avait l'intention de demeurer à la campagne avec la chienne. Pannacotta s'était mal remise de son séjour dans la soute de l'avion. Elle avait pris un coup de vieille. Elle avait des raideurs persistantes aux hanches et elle souffrait du smog poisseux de Montréal. Michel la regardait haleter, la langue chargée d'écume. Dépaysée, elle fouinait dans la maison, tournait en rond compulsivement, ses griffes claquant sur le parquet, puis elle se postait devant lui et le fixait avec des yeux éplorés. «Où suis-je? Quel est mon territoire? Quel est ton rang dans la meute?» Elle serait certainement plus heureuse à la campagne.

Le courtier prit des photos des différentes pièces de la maison, de la façade de pierre grise avec sa porte cochère et de la terrasse sur le toit qui offrait des coups d'œil avantageux. N'ayant pas de cour arrière, Michel avait aménagé cette aire verte sur le toit. Il montait souvent ici le matin avec son café et contemplait la tour de l'horloge, toute blanche et brillante à cette heure, auréolée par le soleil levé.

Cela compensait pour une autre vue qu'il esquivait de son mieux: Radio-Canada. De sa terrasse, l'affreux édifice avait l'air d'un pet foireux brun institutionnel lâché sur un stationnement. Une véritable onde de choc. La désaffection totale.

Après avoir discuté fourchette de prix et organisation des visites pendant qu'il serait à la campagne, signé le contrat immobilier et confié les papiers de la maison ainsi qu'un double des clés au courtier qui repartit en lui souhaitant un bel été l'esprit tranquille, Michel se sentit délesté, allégé. La chienne voulait sortir. Ils allèrent dans la ruelle. Pannacotta ausculta pensivement de multiples relents incertains et sélectionna avec soin les endroits à marquer de ses propres odeurs. Quelque chose lui fit soudain lever le museau au vent et tendre la queue à l'horizontale. Michel chercha du regard dans la direction qu'elle indiquait, mais ne vit rien. Elle tira sur sa laisse et entraîna Michel, qui finit par capter à son tour l'odeur chaude de la boulangerie du coin. Là, sur le trottoir, Pannacotta engloutit presque d'une seule bouchée son croissant tandis que Michel mâchouillait le sien au comptoir de la devanture en feuilletant les journaux.

Montréal entrait de plain-pied dans sa phase festivalière aiguë et se livrait aux commanditaires et aux touristes. À pleines pages, les humoristes vendaient du rire garanti, marchandise à grande valeur ajoutée dans les sociétés qui s'ennuient. Michel ne se sentait pas à l'aise dans cette espèce de camp de jour pour adultes que devenait sa ville l'été. Depuis La Petite-Patrie de son enfance, la perspective du temps chaud avait quelque chose de suprêmement ouvert, de non codifié. À vous de choisir entre l'indolence et l'aventure. Le seul fait de voir un tel étalage de publicité à la une du journal où son éditorialiste *plate* préféré se répétait raffermit son intention de quitter la ville au plus vite.

De retour à la maison, il décida d'être efficace et tria le courrier accumulé depuis son départ en Italie. Les comptes et les factures dominaient. Pas le goût de s'attaquer à ça maintenant. Trop fastidieux. Il rangea la pile d'enveloppes dans son porte-documents. Il monta dans sa chambre, ouvrit sa valise qui sentait le linge sale et tira des vêtements propres de l'armoire. Ceux-ci sentaient le renfermé humide. Il porta sa valise ouverte sur le balcon et suspendit les vêtements sur la corde pour aérer. Puis il descendit son ballot de linge d'Italie au sous-sol et le lança dans la machine. Il rangea son ordinateur dans son étui, en imaginant la quantité invraisemblable de courriels qu'il aurait, et choisit une douzaine de titres parmi les ouvrages que les services promotionnels des éditeurs lui envoyaient. Il fit de même avec ses documents papier et remplit deux boîtes de carton qu'il alla porter directement dans le coffre de la BMW. Ensuite, il vida le frigo, jeta ce qui était périmé et emporta ce qui était encore bon. Enfin, il flanqua ses vêtements aérés dans la valise ainsi que sa lessive mouillée dans un sac vert. Il la ferait sécher à la campagne.

— On y va, Pannacotta! Pannacotta? Allez, hop!

Il attrapa ses feux verts en synchronisme et déboucha rapidement sur le pont Champlain. La chienne, lovée sur le siège arrière, émettait du museau des sons vibrants qui rappelaient à Michel son propre souffle océan. Passé le pont, il fut forcé de ralentir. Des travaux routiers resserraient les voies en entonnoir tout le long des banlieues. Pas de beauté ici. *Welcome back home.* Il régla son iPod en mode aléatoire. Martha Wainwright chanta du Barbara, Suzie LeBlanc un lied de Mozart, Yann Perreau du Miron, et la musique joua comme ça à saute-mouton d'une culture à l'autre, créant entre les genres et les époques des liens inattendus. Dépassant enfin la zone congestionnée, il écrasa à cent soixante. Le mugissement du changement de régime de la BMW lui fit regretter un instant le doux et puissant ronronnement de l'Alfa Romeo.

Une fois à la campagne, Pannacotta entreprit d'éduquer son berger. Dès l'aube, elle but l'eau des toilettes sérieusement brouillée d'urine. Par mesure écologique, Michel ne tirait pas la chasse la nuit. La veille, il avait bu pas mal et s'était couché en ingurgitant deux grands verres d'eau pour contrer la déshydratation. Les lapements de la chienne s'infiltrèrent dans son sommeil. Comprenant soudain ce qu'elle était en train de faire, il bondit.

— Tu ne sens pas que tu es en train de boire de la pisse ?

Du fond de son insondable sagesse, la bête le regarda de telle sorte qu'il crut l'entendre dire : « Mais calme-toi, tu n'as qu'à abaisser le couvercle des toilettes. »

Maintenant bien réveillé, Michel se fit un café et ils sortirent au jardin. Une rosée fraîche mouillait ses pieds, la lumière montante était belle et une brume légère flottait du côté de la rivière. Ils s'y rendirent. De ses berges, on voyait le ciel à trois cent soixante degrés. Michel avait assisté ici à des dizaines de levers de soleil en compagnie de Simone. Pannacotta flâna un moment parmi les aubépines, la queue battante et l'air content. Puis ils regagnèrent la maison et mangèrent des tartines au beurre d'arachide.

Ayant désormais droit à la nourriture humaine, Pannacotta appuya ses pattes sur le comptoir et rafla le pain au complet. Michel la gronda pour la deuxième fois. De nouveau, elle le dévisagea, l'air de dire : « Pourquoi te fâches-tu ? Je ne fais que m'adapter à ta propre conduite. »

Michel se décida à éplucher son courrier et paya la plupart de ses comptes en ligne. Puis il tourna et retourna entre ses doigts deux cartes postales représentant le Machu Picchu vu de deux angles différents. Jolis timbres. L'oblitération des cartes indiquait qu'elles avaient été postées le même jour. Signées Cynthia, la fée Perlimpinpette devenue metteure en scène d'un coup de baguette magique.

Congé bien mérité pour ma gang de joyeux compliqués avant le blitz des répétitions. Je m'offre une semaine de pause à mes frais. Le théâtre n'est pas le Pérou. Mais, telle une Inca, j'apprécie la valeur du sacrifice.

Cynthia

La seconde disait : *Je ne veux pas être indiscrète, mais j'ai su entre les branches radio-canadiennes que ça brassait pas mal pour toi. Je te souhaite que ça brasse dans le bon sens du terme.*

Je t'embrasse, Cynthia

Il rêvassa un moment, curieux et perplexe. Cynthia avait toujours été imprévisible. À l'époque de leur passion, il la trouvait instable. Aujourd'hui, elle était peut-être tout simplement plus libre que lui.

Il se fit un autre café et s'attaqua à ses trois cent quarante-sept courriels. Tout cela assez machinalement. Une cinquantaine demandait réponse, mais il ne s'intéressa à la fin qu'à trois courriels. L'un de Manon, sa *réale*, qui contre toute attente ne disait rien de la saison qui se préparait à Radio-Canada.

Salut Michel,

J'ai loué un chalet au lac Memphrémagog. Je suis à une demi-heure de ta campagne et j'aimerais bien te rendre visite.

Quand tu veux, lui répondit-il, *je suis ici.*

Il lut ensuite un mot d'Emma qui le fit sourciller par sa douzaine de lignes laconiques. On aurait juré un rapport ou une liste de choses à cocher. Tout se passait pour le mieux là-bas, elle allait de découverte en découverte ; un gars qui louait des vélos lui tournait autour, un lent. Elle terminait en disant que sa mère était en pleine forme depuis que la cause de ses allergies s'était éloignée. La chienne lui manquait. Michel lui donna des nouvelles de Pannacotta, dressa à son tour une liste de projets de jardinage et mentionna que l'abricotier se déployait bien et produirait sûrement ses premiers fruits l'année prochaine.

Puis il lut un message de Simone en réponse à sa lettre des Alpes.

Mon pauvre Michel,

Maintenant que tu m'as perdue, tu me regrettes ? Allons donc ! Tu t'emmerdais avec moi depuis des années. Tu ne savais plus quoi faire de moi (ni avec moi). J'étais la dernière personne au monde à qui tu te serais confié, bien que tu le fasses ici de manière assez touchante. Mais tu rêves ou tu t'inventes une nostalgie.

Si tu m'avais écrit tout ça il y a cinq ans, qui sait ? Mais maintenant c'est absurde. Tu as tout fait pour être seul, Michel. Eh bien, tu l'es. Alors sois-le pleinement, comme au sommet de ta montagne.

Tu m'écris que tu as devant les yeux un horizon vaste et calme, dénué d'avenir et d'aventure, où les femmes sont de dos. Comme si ta vie était finie. Michel, tu as cinquante ans ! Rien n'est perdu, en tout cas rien qui ne l'était pas déjà. Pour le reste, bien sûr que nous demeurons liés, et pas seulement par notre fille. Je ne t'efface pas. Ni notre passé. Mais mon présent est ailleurs.

Affectueusement,

Simone

Elle avait raison, évidemment, même si ça le faisait chier. Il était temps que ça lui entre dans le crâne, ou dans le ventre, et qu'il passe à autre chose. Mais l'idée d'une nouvelle vie ne vous donne de l'élan que si vous êtes mûr pour l'accueillir. Trop tôt, elle vous bouscule et vous la refusez ; trop tard, elle ne vous est plus d'aucun secours.

Chère Simone,

Je ne cherche ni à m'accrocher ni à retenir le passé. Rassure-toi, j'ai déjà commencé à faire place nette : j'ai mis la maison à vendre (j'aurai besoin de ta procuration). Je suis chez toi à la campagne, avec Pannacotta, tout l'été. Ne t'en fais pas pour ton allergie à ton retour, je veillerai à ce que le ménage soit fait à la perfection pour ta reprise de possession de ce qui devient déjà son territoire.

J'avais besoin de t'écrire dans les Alpes. À qui d'autre pouvais-je confier mes états d'âme sans devoir m'expliquer ou me justifier ? Qui me connaît mieux que toi ? Je n'ai jamais laissé personne m'approcher de si près. Mais bon. Voici le pacte que je te propose : si tu as envie d'avoir de mes nouvelles, fais-le-moi savoir et je te répondrai à cœur ouvert. Mais je ne prendrai plus l'initiative. Je ne veux pas te peser. Je te tiendrai informée des affaires courantes et tu me donneras des nouvelles d'Emma, ainsi que de Magdalena et toi, à ta guise.

Est-ce que ça te convient ?

Michel

P.-S. – Je ne me suis jamais emmerdé en ta compagnie. Je suis assez grand pour m'emmerder tout seul.

Il cliqua et expédia sa réponse.

— Allons marcher, dit-il en direction de Pannacotta à ses pieds.

La chienne ne répondit pas. Elle n'était plus là. Il la chercha des yeux, l'appela. « Voyons… » Il se leva et fit quelques pas d'un côté et de l'autre. Silence. Agacé, il l'appela de nouveau. « Pannacotta ? Pannacotta *Bella* ? » Il retint son souffle pour mieux écouter. Toujours le silence. Refusant de s'énerver, il fit le tour de la maison en l'appelant posément afin de ne pas l'effaroucher. Rien.

— Où est-ce qu'elle peut bien être ? se demanda-t-il tout haut.

Était-il possible qu'elle se soit perdue ? Est-ce que les chiens s'égarent ?

L'angoisse lui retourna l'estomac comme un gant. Il courut jusqu'à la route qu'il inspecta du regard dans les deux sens, criant son nom, les mains en porte-voix, en vain. Il regagna l'arrière et ratissa le champ de blé d'Inde jusqu'à la rivière, des images de noyade en tête. Il revint chercher ses clés de voiture à la maison, parcourut quelques kilomètres vers l'ouest, vira vers l'est jusqu'à l'épicerie de Mme Wiblanski. Elle balayait son perron. Il lui demanda d'un ton mal maîtrisé si elle n'avait pas vu une vieille chienne beige, pataude et plutôt laide. Elle fit non de la tête, les yeux grand ouverts :

— Vous avez une chienne maintenant ?

Il était déjà reparti.

De retour, n'arrivant plus à réfléchir, il tourna en rond n'importe comment en beuglant d'une voix de plus en plus éraillée. Il perdit ce qui lui restait de souffle en s'affolant au bord de la rivière. Il tremblait, la vue brouillée, et l'odeur aigre de sa peur lui montait au nez. Il s'aspergea le visage et le cou dans le courant en espérant que l'eau froide l'aiderait à se ressaisir. Le mieux était de retourner à son point de départ. Il s'obligea à marcher, les sens aux aguets, appelant encore la pauvre bête qui était peut-être au désespoir, égarée, prise au piège. Revenu au jardin, il essaya de penser à un endroit qu'il aurait oublié. La remise ? Impossible. Elle était cadenassée, bien close.

C'est alors qu'il crut entendre quelque chose au loin. Il se dressa, redoutant le pire, et entendit de nouveau un étrange murmure. Les sons rebondissaient dans l'air quand il n'y avait pas de vent. Ils devenaient difficiles à localiser. Puis une évidence lui traversa l'esprit. Il entra et monta à la chambre d'Emma. La chienne était couchée sur le lit, les yeux mi-clos, le souffle rauque, sonore et lent. Cette fois, il ne la gronda pas.

2

Les jours suivants furent tranquilles et harmonieux. Michel et la chienne établirent leur routine quotidienne et s'apprivoisèrent. Il se prit rapidement d'affection pour elle et demeura surpris de la force de son attachement. Le matin, elle sautait du lit d'Emma et accourait joyeusement. Il adorait ça. Le soir, elle le regardait cuisiner, espérant qu'il laisserait tomber une épluchure, un bout de viande. C'est tout juste si elle n'entrait pas avec lui chez Mme Wiblanski pour choisir les provisions.

Durant leurs promenades, elle trottait sans hâte, le museau au sol, piquant un sprint de temps en temps, histoire de délier ses instincts chasseurs. Heureusement pour Michel, elle ne cherchait pas à jouer et ne voyait pas l'intérêt de se fatiguer à courir interminablement après une balle. Elle suivait son berger sur les chemins et à travers les champs, rêvassait au soleil quand il prenait soin du jardin et faisait le guet quand il allait à l'eau et se faufilait entre les rochers glissants.

Pannacotta devint une véritable compagne, et Michel se mit à lui parler comme à un être humain. À l'heure où la lumière décline, il lui confiait ses méditations et cherchait dans son regard chargé d'espérance une étincelle ou une réponse. «Qu'est-ce que tu penses de ça, toi?» Elle lui renvoyait sa sérénité, sa constance et son adéquation avec la nature.

Puis une métamorphose se produisit. Pannacotta changea de nom. Elle devint graduellement Vieille Peine. Le mot «Vieille» s'imposa sans que Michel s'en aperçoive vraiment. Le séjour dans la soute l'avait bel et bien affectée. Ses raideurs aux hanches rendaient sa démarche dolente. Quand elle devançait Michel, il observait à travers le balancement inégal de son bassin sa fragilité de vivante. Il tentait parfois de l'exciter en zigzaguant dans le champ de blé d'Inde et en disparaissant entre les rangs d'épis, mais au lieu de se lancer à sa poursuite, la chienne se couchait sur la terre fraîche et attendait qu'il revienne. Il revenait toujours.

Elle engraissa, devint très gourmande. Une fois, elle profita de la distraction de Michel pour aller traîner au bord du chemin à l'affût d'odeurs à séquencer et de choses suspectes à grignoter. Il la retrouva dans le fossé en train de se régaler d'une boulette de foin vert à peine digérée: du crottin de cheval. Dégoûté, il lui ouvrit la gueule sans ménagement et alla chercher ce qu'il put dans sa gorge. Passant ses bras autour de son cou, il lui dit ensuite, tout retourné: «C'est pour ton bien que je fais ça, ma pauvre Vieille.»

Le mot «Peine», lui, dériva de la simple contraction de Pannacotta. Quatre syllabes, c'est long. Pannacotta devint Panna, puis Panne et enfin Peine. Vieille Peine. Le nouveau nom s'imposa rapidement dans le voisinage. À l'épicerie, Mme Wiblanski quittait sa caisse avec un petit beurre en répétant : « Viens, viens, ma Vieille Peine. » Comme des millions de gens, Mme Wiblanski avait eu une vie laborieuse et ingrate, et ses élans de consolation s'adressaient peut-être moins à la chienne qu'aux peines de sa propre existence.

Michel informa les trois femmes du changement de nom avec circonspection. Un rythme de correspondance s'était établi avec l'Italie ; une fois par semaine, il recevait et donnait des nouvelles. Il leur révéla le nouveau nom mine de rien, comme si c'était un détail. Le cœur de son courriel traitait de la vente de la maison. Pour l'instant, il ne se passait pas grand-chose sur le marché. Magdalena fut seule à réagir. *Tu peux rebaptiser Pannacotta tant que tu veux, elle est quand même la chienne de mon père.*

Puis il y eut la visite de Manon, sa *réale*, vers la fin de juillet, événement important qui serait à l'origine de leur future série radiophonique.

Le jour convenu, Michel faisait le guet à l'entrée du chemin de la maison, Vieille Peine à ses basques. Quelle ne fut pas sa surprise de voir Manon débarquer en compagnie de Marc ! Elle, sa *réale* et ancienne brève flamme, et Marc, son supérieur et ancien camarade, ensemble ! Il ne put s'empêcher de glousser en les accueillant. « Je peux déjà imaginer comment ça se passe au lit », pensait-il.

Marc, un large sourire sur la figure, lui annonça qu'il était le premier qu'ils mettaient au courant. C'était du sérieux. Ils étaient au septième ciel depuis neuf mois et n'en pouvaient plus de s'aimer clandestinement. Ils étaient visiblement amoureux, et leur joie d'être ensemble débordait. Michel, bien qu'il hésitât entre trouver l'affaire distrayante ou grotesque, répondit au test d'acceptabilité aussi chaleureusement que possible. Mais leur bonheur n'allait pas sans difficulté. Marc venait de quitter le foyer conjugal. À ses dires, ses trois enfants de douze, quatorze et quinze ans le prenaient bien.

Cependant, officialiser leur amour n'était pas la seule raison de leur visite. Même si Michel leur tombait souvent sur les nerfs, il était leur ami et ils n'ignoraient pas qu'il était seul dans cette grande maison. Il ruminait peut-être toutes sortes de mauvaises pensées. Ils voulaient lui faire plaisir, rire en sa compagnie et raviver leur complicité.

— C'est que, vois-tu, lui dit Marc au jardin, la direction de Radio-Canada parle de nouvelle orientation.

La mode étant à la microgestion, les cadres donnaient une fois de plus des signes de vouloir se mêler de ce qui ne les regardait pas : le contenu, le style et le ton. Ce discours de nouvelle orientation voulait dire que personne n'était à l'abri. Marc raconta *off the record* que deux vieux pros se feraient très bientôt signifier avec plus ou moins de ménagement qu'ils avaient fait leur temps. Tout cela, bien sûr, pour cause de coupes budgétaires.

Manon, qui n'avait rien dit jusqu'ici, gronda, empourprée :

— Je ne supporte pas qu'on maltraite nos gens. C'est indigne de nous.

Il était midi trente et un fin voile adoucissait le soleil. Marc s'occupa du lunch. Il offrit à Michel une caisse d'un vin blanc de haute tenue provenant d'un vignoble de la région, les Pervenches. Il avait aussi apporté des salades, ainsi que de la chair de homard et des crevettes de Matane pour faire des *guédilles*.

Ce repas champêtre réjouit tant Michel qu'il laissa tomber toute réserve et parla trop. Il exprima ses inquiétudes secrètes qu'il n'avait partagées jusqu'ici qu'avec Vieille Peine et leur avoua qu'il éprouvait une vague démotivation :

— J'aime toujours aussi profondément mon métier, sauf que je pense à la rentrée qui m'attend et, franchement, je ne la sens pas.

Manon et Marc, qui composaient à l'année avec la part malcommode de Michel, ne furent pas surpris. Ils reconnurent aussi qu'une couche de grisaille suintait de haut en bas des étages de Radio-Canada. Eux-mêmes marchaient sur des œufs le long des corridors. Mais voilà, Marc et Manon étaient deux. Ils se soutenaient.

Chacun se tut un moment. Michel regarda dans le vide en caressant mollement les oreilles de sa chienne.

— Michel, reprit Manon, c'est un peu ma *job* de te stimuler. Dis-moi ce que je peux faire.

— Je ne suis pas sûr qu'il y ait grand-chose à faire. C'est presque trente ans de ma vie, dit-il comme si cela suffisait à tout expliquer. Je me sens comme un homme marié qui ne veut pas foutre sa vie en l'air, mais qui ne peut pas s'empêcher d'avoir envie d'autre chose.

Manon, pensant à Simone, se tortilla avec gêne.

— Laisse faire les métaphores, Michel. On parle de radio ici : on peut faire les choses autrement. Mettre nos idées ensemble.

Marc se pencha en avant.

— Tu envisages quoi dans l'immédiat ?

— Je ne sais pas.

— Tu n'es pas en train de nous dire que tu veux prendre ta retraite ?

— Non, non, je n'en suis pas là ! Je m'ennuierais trop de ma caverne. Et puis, je ferais quoi de mes vingt prochaines années ? La même chose, mais comme contractuel chez un concurrent ?

— Michel, tu comprends bien que, avec ce qui se brasse aux étages, dire tout haut que tu veux vivre autre chose équivaut à tenter le diable.

— Je ne suis pas fou. Je me confie à mes amis, pas à mes supérieurs. Il y a trois mois, j'avais l'impression d'être en train de m'éteindre. Mais là, je frétille d'impatience. Je veux de la beauté, de la profondeur historique, de l'élévation.

— Tu nous rapportes ça de l'Italie ?

Michel raconta avec flamme son voyage avec sa fille et sa rencontre là-bas avec sa chienne. À leur tour, ils évoquèrent leur été amoureux. Contents de parler d'autre chose que du bureau et du climat de travail, on déboucha une autre bouteille de vin en mêlant à bâtons rompus anecdotes estivales savoureuses, lectures, golf, jogging et cinéma. Puis il fut question d'actualité. Celle-ci n'avait rien de jojo, comme d'habitude, mais de quoi parler, après les états d'âme et les expériences personnelles, sinon de ce qui se passe dans le monde ?

Marc se montra particulièrement sinistre. Une moitié de l'humanité voulait en finir avec son existence misérable, quitte à user de violence, et l'autre moitié s'agrippait à ses privilèges et ses moyens d'action qui ne faisaient qu'accélérer la chute. Pulsion de mort à la grandeur de l'espèce, échec global, fuite en avant et politique de la terre brûlée.

Pour Michel, le noyau pourrissant de toute cette démence était l'incapacité chronique de l'international à régler le conflit israélo-palestinien. Tout découlait de cette monstrueuse impuissance.

— Merde de merde! s'écria soudain Manon. Est-ce qu'on peut encore aimer un peu la vie? Je n'en peux plus, du cynisme. Il y a quand même des choses qui sont sacrées!

Michel accueillit ce cri du cœur avec un silence mesuré. Une telle absence de dérision avait quelque chose de désarmant. Manon eut la sagesse de réagir par un sourire badin qui ne se prenait surtout pas au sérieux. Néanmoins, elle poursuivit sur sa lancée.

— Je te vois très bien piloter une émission spéciale là-dessus, Michel. Une conversation publique. «Chers auditeurs, notre question aujourd'hui: qu'est-ce qui est encore sacré pour vous?»

— C'est beaucoup trop subtil, dit Marc. Trois quarts des gens sont en colère sans trop savoir pourquoi. La seule question à leur poser serait: «Qu'est-ce qui vous mettra suffisamment en colère pour vous faire enfin bouger?»

Michel intervint pensivement.

— Peut-être que les gens sauraient quoi faire de leur colère s'ils se demandaient ce qui est effectivement sacré pour eux.

— On fait une liste, lança Manon.

Michel prit son carnet de madone à vespa. *Qu'est-ce qui est sacré?* écrivit-il. *Revenir de voyage, voir les choses autrement.*

Il passa le carnet à Manon, qui écrivit quelques mots avant de le passer à Marc et ainsi de suite. Puis ils se relurent à haute voix.

L'amour est-il le seul moyen d'arriver à une pleine conscience de vivre?

Sommes-nous en train de devenir moins intelligents que nos téléphones?

La solitude, dernière tragédie de l'Occident.

Qu'est-ce que les peuples violentés vont faire de leur révolte?

La culture est-elle encore capable de remédier à l'histoire? (Celle-là les fit ricaner.)

Faire l'amour est certainement sacré, mais encore, ça dépend. (Ils se mirent à rire.)

Le goût du pouvoir est-il un désir d'impuissance? (Le rire devint incontrôlable.)

Est-on vraiment en train de penser quand on pense à l'argent? (Ils hurlèrent en se tenant les côtes.)

Effet de la fatigue, de la détente, du vin ou de la simple superposition de leurs phrases, ils finirent par glisser de leur chaise et délirer dans l'herbe. Vieille Peine se mit à chanter comme une louve et se rua sur Michel, tout électrisée. Quelques instants plus tard, rouges, en sueur et couverts de brindilles, ils se rendirent à la rivière, se déshabillèrent et entrèrent dans l'eau. Au-delà des rochers qui parsemaient le lit, on pouvait s'ébattre dans un bassin suffisamment large et profond pour que ça en vaille le coup.

À un moment donné, Marc et Manon s'enlacèrent pour s'embrasser, leurs têtes auréolées de gouttelettes fines et leurs corps blancs ondulant sous l'eau vive. Michel se détourna et regagna la berge.

— Je rentre avec Vieille Peine. Prenez votre temps.

Michel façonnait ses dattes au bleu dans la cuisine quand Marc et Manon réapparurent, les vêtements humides et les cheveux mouillés. Ils continuèrent à boire, à grignoter, causer, rigoler. Vers vingt heures, Michel déclara qu'il n'y avait rien de meilleur que du blé d'Inde frais cassé et les entraîna dans le champ de maïs. La lumière chatoyante, texturée, recouvrait tout d'une pellicule de vieil or. Le fermier avait récolté le premier tiers du champ. Le deuxième tiers arriverait à maturité dans quelques jours, mais on repérait ici et là des plans dont les épis étaient à point. Ils en cassèrent une douzaine et, à la fin, comme le voulait la coutume, Michel cassa le treizième. Une fois à table, alors qu'ils roulaient les épis fumants dans le beurre, ils s'interrogèrent sur cette tradition.

— Selon une légende, le treizième blé d'Inde est celui qui ne nous est pas demandé, mais qu'on offre de bon cœur.

— Les boulangers faisaient la même chose avec les petits pains au lait autrefois.

— Il y a une version chrétienne qui veut que la douzaine de blé d'Inde représente les apôtres, et le treizième, l'offrande du cultivateur, un rappel de l'Action de grâce. On nomme ce treizième blé d'Inde «l'épi Phanie»! dit Marc, hilare et la bouche pleine.

— Je connais une version postcoloniale, enchaîna Manon. Les Amérindiens auraient manifesté leur différence culturelle en offrant des *treizaines* de blé d'Inde au capitaine d'un vaisseau dont l'équipage mourait de faim. Ils avaient remarqué que les Européens calculaient tout en mode binaire. Le treizième blé d'Inde aurait donc été une façon de signifier que, sur leur territoire, les choses se passaient autrement. Évidemment, les Européens ont tout compris de travers. Ils ont cru que le treizième blé d'Inde était à l'effigie du sauvage, celui qui est gratuit, innombrable, qu'on prend sans payer, et qui est souvent de trop, si bien qu'on peut le gaspiller sans remords.

— On dit que les superstitions autour du chiffre treize renvoient aux guerres de religion, dit Michel, au massacre de la Saint-Barthélemy ou à la condamnation des templiers. On peut donc imaginer que le treizième blé d'Inde protégeait la clandestinité des huguenots venus fonder la Nouvelle-France, une sorte de talisman contre le mauvais œil.

— L'origine est probablement tout bonnement commerciale, dit Marc. Le treizième blé d'Inde a pu servir de garantie en cours de marchandage. On ajoutait le treizième à la douzaine au cas où un des épis ne serait pas bon. D'ailleurs, depuis que les gens épluchent à moitié le blé d'Inde à l'épicerie pour s'assurer qu'il est beau, les marchands ont cessé d'offrir le treizième.

— Qu'une tradition poétique soit bêtement commerciale est assez déprimant, merci.

— On peut tenter une interprétation contemporaine du mythe, si tu préfères : le treizième blé d'Inde s'appelle « Monsanto ».

— Pour moi, en tout cas, conclut Manon, le treizième blé d'Inde fait partie de ce qui est encore sacré.

Marc contempla sa blonde, pâmé, et mit un genou à terre devant elle.

— Manon, déclara-t-il, toi qui es pleine de fraîcheur, que j'épluche avec bonheur et qui me fait fondre comme du beurre, veux-tu être mon treizième blé d'Inde ?

La noirceur venue, ils firent un feu, bien calés dans les Adirondack. L'obscurité du ciel était profonde, la lune cachée par une bande nuageuse. Michel, qui ne voulait plus que cette soirée cesse, insista pour qu'ils dorment à la maison. Cela lui ferait vraiment plaisir. De plus, ils n'étaient pas en état de conduire. Ça, c'était indéniable. Ils acceptèrent donc sans trop se faire prier. Ils veillèrent sans plus parler un moment, puis les amoureux allèrent se coucher.

Michel resta dehors devant les dernières braises avec Vieille Peine. Les sons de la nuit commencèrent à lui parvenir, *en-ouatés* de ténèbres. Vieille Peine écoutait, elle aussi, les sourcils relevés. Michel eut une idée et il contourna la maison jusqu'à l'avant pour voir les sureaux. À cette heure-ci, les mouches à feu se reposaient, mais il en aperçut tout de même quelques-unes qui voletaient encore de-ci de-là, paresseusement.

Il retourna au jardin, se déshabilla, laissa ses vêtements sur le large appuie-bras de son Adirondack et traversa le champ, guidé par sa chienne. Une mince lueur bordait le lit de la rivière, reflet d'une percée d'étoiles à sa surface. Il intima d'une voix ferme à Vieille Peine de rester tranquille et entra dans l'eau presque tiède. Il avança jusqu'au premier bassin où il flotta sur place avec de légers mouvements de brasse, sans faire la moindre éclaboussure. Il n'entendait au cœur du silence que sa seule respiration. Puis il y eut une brève séquence de hurlements gémissants de coyotes. Vieille Peine leva la tête, hérissée. Michel la calma d'un chuchotement et s'immergea jusqu'aux oreilles, les yeux au niveau de la surface. La démarcation entre le ciel et l'eau perdit toute netteté. Il baignait dans le Styx, se délestait de tout ce qui encombrait sa mémoire. Soudain, il imagina que le fond du bassin s'ouvrait sur un gouffre profond et que quelque chose montait des abysses, gueule béante, pour se saisir de lui. Se secouant, il sortit de l'eau. Vieille Peine, alertée, le poussa du museau. Il flatta ses oreilles tout en regardant autour de lui comme s'il sentait une présence. Mais seules les étoiles l'épiaient. Vus de là-haut, sa chienne et lui devaient avoir l'air d'ombres pâles hantant les rives de l'*entre-monde*.

Marc et Manon partirent le lendemain matin après un petit-déjeuner frugal et pas mal de café. En démarrant, Manon vit Michel dans le rétroviseur, main levée et sourire aux lèvres, sa chienne à ses pieds. Marc posa sa main sur sa cuisse. Il avait dormi comme un amant comblé. Manon, elle, s'était réveillée au creux de la nuit. Une pensée fugitive lui avait alors traversé l'esprit. Un germe d'idée si vague qu'il ne se résumait pour l'instant qu'à un soupçon de quelque chose de possible. Le souvenir était là, sous la surface. Ça lui reviendrait.

3

À la rentrée, Michel accepta une promesse d'achat miro-
bolante, surchauffe immobilière oblige, et la vente de la
maison fut paraphée chez maître Jocelyne Lacerte, notaire,
qui transféra presque aussitôt sur le compte italien de
Simone le versement de sa part de la transaction. Celle-ci
envoya à Michel un courriel jubilatoire.

*J'hallucine! Qui aurait dit que notre maison valait si
cher? Je n'en reviens tout simplement pas. Non mais! Non
mais! Montréal a-t-elle perdu la tête? Les villes sont-elles
devenues des bijoux qu'on exhibe dans les soirées mon-
daines? À Florence, lors d'une fête, quelques énergumènes
nous regardaient comme le logo d'une marque griffée quand
ils ont appris que Magda et moi étions de Montréal. Ah, les
pauvres, s'ils savaient!*

*Tu dois vider la maison d'ici novembre, me dis-tu. Si tu
ne trouves pas où te reloger d'ici là, tu sais que tu peux rester
autant que tu veux à la campagne. Je pense souvent à toi,
Michel. Ça me prend par inadvertance à tout moment.*

Tu tiens ta promesse de ne pas m'imposer de confidences, mais j'ai envie de savoir ce qui t'arrive. Comme tous les êtres intelligents, tu crois que tu es capable de régler tes affaires tout seul. Cela n'est pas bon, ni pour toi, ni pour moi, encore moins pour Emma.

Notre fille retombe en adolescence. Elle s'excite pour son coq insignifiant (elle refuse de nous le présenter, mais elle m'en a parlé et je soupçonne qu'il a tout dans l'allure et rien dans le ventre). Hier, elle m'a lancé un énorme pavé à la tête : elle m'a demandé pourquoi on ne lui avait pas donné un petit frère ou une petite sœur. Elle pense que tout aurait tourné autrement si nous avions été une « vraie famille ». Magdalena s'entend mieux avec elle que moi en ce moment. Je n'ose pas trop m'en mêler. Mais un peu d'autorité paternelle serait peut-être indiquée.

Je t'embrasse,

Simone

Michel lui répondit que les reproches d'ado tardive de leur fille constituaient justement la preuve qu'ils étaient bien une « vraie famille ». Il écrirait à Emma, lui demanderait des détails de ses amours et lui rappellerait que sans condom c'est non. Par ailleurs, son courtier immobilier comptait lui faire visiter des condos le vendredi prochain, en soirée. Une bonne demi-douzaine, bien située et à occupation immédiate. *Si j'ai un coup de cœur, ça ne niaisera pas. J'espère déménager d'ici un mois.* Ensuite, il voulut bien confier son état d'âme présent. *Mais que dire, sinon que je suis un point d'interrogation ambulant pour moi-même ? Je vis une transition et il se brasse des choses. Franchement, ça déménage (dans tous les sens du mot). Moi qui craignais qu'il ne m'arrive plus rien, je devrais me réjouir, mais pour l'instant c'est un peu étourdissant.*

Le vendredi précédent, après la réunion de préparation de l'émission, Marc et Manon l'avaient retenu. Sa *réale* avait concocté un projet de série radiophonique dont elle avait soumis l'idée à la direction. Il s'agissait d'une série de treize entrevues de fond de quatre-vingt-dix minutes qu'elle entendait réaliser hors studio. La direction venait tout juste de donner son aval à un pilote et Manon souhaitait que Michel l'anime.

— La série va s'intituler *Le treizième blé d'Inde* et, si tout va bien, elle sera diffusée l'été prochain.

— *Le treizième blé d'Inde*?

— L'idée a germé après notre journée à la campagne.

— Faudrait que j'y pense.

— Il nous faut ta réponse lundi, précisa Marc.

— Si tu refuses, Michel, je laisse tomber, dit Manon. Je n'aurais jamais eu cette idée-là sans toi.

Michel n'eut pas à réfléchir longtemps. Il en glissa un mot à Vieille Peine en longeant le chemin des Orignaux, où les couleurs d'automne perçaient déjà. La chienne réagit en battant de la queue, sentant bien quelque chose d'excitant.

Ce projet me fait l'effet d'un traitement d'acupuncture : je suis piqué au vif. Je ne sais pas où ça va mener, mais qui vivra verra. Au fond, Simone, ce treizième blé d'Inde a poussé dans le sol en friche de notre séparation. Je me rends compte que j'étais comme en jachère, pour poursuivre dans la veine agricole, ces dernières années. Ton histoire avec

Magdalena et ton départ m'ont fait l'effet d'un coup de poing. Mais depuis, crois-le ou non, je commence à considérer ta décision comme un cadeau. L'effet coup de poing s'est transmué en coup de pied au cul. Je ne sais pas si tu seras heureuse de lire ça, mais bon, tu voulais savoir où j'en suis, alors voilà.

Michel

Il relut sa missive avec soin cette fois, changea un mot par-ci par-là, coupa quelques imprécisions et, satisfait, expédia son courriel d'un clic. Ce faisant, il aperçut l'heure dans le coin droit supérieur de son écran et sursauta.

— Merde! Vieille Peine, on va être retard, s'écria-t-il. Grouille!

Il ramassa son porte-documents et fit tinter ses clés. La chienne accourut et sauta dans la voiture.

Il lui était arrivé encore autre chose toutefois, dont il avait jugé préférable de ne pas informer Simone. Cynthia était passée à Radio-Can', comme elle disait, pour lui remettre en main propre son invitation au théâtre. Il relisait des documents dans son bureau, surligneur en main, quand Cynthia s'était matérialisée à sa porte. Il avait été singulièrement frappé par sa haute taille, son allure déterminée et conquérante. Il avait même lorgné ses chaussures, en supposant qu'elle portait des talons. Même pas.

— Cynthia! Tu es superbe! On dirait que tu as grandi.

— Mon projet me tient debout. C'est seulement quand je ne travaille pas que je m'affaisse.

Elle lui avait remis l'enveloppe contenant le carton d'invitation. D'abord, il n'avait pas compris, puis il s'était souvenu de la promesse faite à Emma le printemps dernier.

— Ah! Emma va être déçue, avait-il bredouillé.

— Pourquoi donc?

— Elle est en Italie avec sa mère. Simone a pris un congé non payé et elle est partie là-bas pour l'année. Je pensais que tu étais au courant.

— J'ai appris que vous étiez séparés, c'est tout. Je ne savais rien de l'Italie. La chanceuse! Ta fille est gâtée, quand même.

— Elle n'est pas gâtée, elle est choyée. C'est toi qui la gâtes en l'invitant au théâtre alors qu'elle n'a absolument rien fait pour mériter ça.

— Mon invitation était pour vous deux, Michel. Maintenant, c'est comme tu veux. Tu peux inviter quelqu'un d'autre. Tu peux même ne pas venir du tout. Je ne t'en voudrai pas.

— Bien sûr que je vais venir, Cynthia. Mais seul. J'irais bien avec ma chienne, mais je ne pense pas qu'elle serait la bienvenue.

— Ta chienne?

— Je l'ai adoptée en Italie. C'est une longue histoire.

Cynthia avait hoché la tête, interdite.

— Si tu viens voir la pièce, tu restes avec nous après. Je ne te laisserai pas tout seul le soir de ma première.

— Bon.

— Même si tu n'aimes pas ça, tu restes.

— Je suis sûr que je vais être très touché. Je le suis déjà.

Après son départ, Michel garda les yeux fixés sur l'ouverture de la porte. Cynthia avait non seulement grandi, songea-t-il, mais quelque chose de nouveau émanait d'elle. Les femmes étaient toutes infiniment belles pour Michel, mais la beauté particulière de chacune méritait son qualificatif propre. Cynthia était *inspirante*.

À l'époque de leur aventure, elle semblait ne jamais savoir ce qu'elle voulait *au juste*. Lire le menu d'un restaurant qui proposait plus de quatre plats était une épreuve. Elle se dissipait entre trois projets et dilapidait sa vitalité. Quand elle travaillait, son métier d'actrice la dévorait. Quand elle ne travaillait pas, il la rongeait. Après leurs mois de passion, il avait rompu en lui disant qu'elle était trop pour lui. Mais le temps avait fait son travail. Cynthia s'était simplifiée. Elle était maîtresse d'elle-même, claire, chaleureuse. Inspirante.

À la hauteur d'Eastman, direction Montréal, une nappe de brouillard entoura tout à coup sa voiture, l'obligeant à freiner, à allumer ses feux de détresse et à rouler lentement. Depuis la rentrée, la circulation sur l'autoroute des Cantons-de-l'Est était imprévisible. Il écouta le bulletin d'Hervé, son collègue à la circulation. Important ralentissement sur l'autoroute Métropolitaine et congestion dans le tunnel Louis-Hyppolite-La Fontaine. La situation risquait de se dégrader rapidement sur l'ensemble du réseau. Michel ne roula pas à plus de trente kilomètres-heure jusqu'à Bromont. Conduire aussi poussivement dans une visibilité nulle mit sa vigilance à l'épreuve. À l'arrière,

Vieille Peine furetait, le museau dehors. Un immense camion apparut soudain derrière la voiture. Michel klaxonna autant par frayeur que pour signaler sa présence. Enfin, passé Bromont, la nappe de brouillard se leva.

Il arriva à Montréal juste à temps. Il déposa la chienne à la maison qui n'était plus la sienne et gagna Radio-Canada à pied. Au feu rouge en face de l'entrée principale, coin René-Lévesque et Panet, un jeune homme abîmé et vieilli prématurément l'accosta.

— Eille ! Je te connais, toi ! Je t'ai déjà vu à la radio.

— Vous m'avez vu à la radio ? Vous avez de bons yeux, plaisanta-t-il.

Cette obscure célébrité qui lui valait d'être tutoyé par un inconnu, il l'avait presque oubliée depuis l'Italie. Michel salua le passant et lui souhaita une bonne journée. Mais le jeune homme allongea le pas et traversa le boulevard avec lui.

— Tu t'appelles Michel.

— On ne peut rien vous cacher. Et vous ?

— Réjean. C'était bon, ton émission.

— C'était ? J'espère que ce l'est encore.

— J'imagine, mais je n'ai plus le droit de l'écouter.

— Pourquoi donc ?

— Prescription de mon docteur. Il essaie de me convaincre qu'il y a une vie en dehors des médias.

Ils avaient atteint les portes. Michel lui donna deux dollars.

— Faites attention à vous, Réjean, murmura-t-il en disparaissant à l'intérieur.

La réunion de coordination ne dura qu'une petite heure. Stéphanie avait rassemblé divers topos sur la corruption à Montréal et fait un bon travail de recoupements. Plusieurs reportages là-dessus étaient prévus cette semaine. Les enquêtes journalistiques commençaient à faire de l'effet.

— Ce serait bien si on pouvait avoir le maire, lança Michel.

— Pour ce qu'il a à dire, répondit Manon.

— Quand les gens de pouvoir n'ont rien à dire, notre rôle est justement de leur faire dire ce rien.

Stéphanie rosit de plaisir, elle aimait le mordant de Michel. Hervé arriva en retard en s'excusant et fit tout un numéro de la mésaventure qu'il venait de vivre. Un chauffard avait accroché son miroir en le coupant à la sortie Saint-Laurent – Berri dans le tunnel Ville-Marie. Cette façon de couper à la dernière seconde oblige tout conducteur qui est déjà dans la voie de sortie à freiner brusquement ou à exécuter une manœuvre d'évitement hasardeuse. Le satané chauffard ne s'était même pas excusé. Hervé travaillait avec un dévouement exemplaire pour les automobilistes, et une bonne moitié d'entre eux trouvaient le moyen de le décevoir. Il dressa la liste des comportements aberrants qu'il avait notés depuis ce matin : imprudence, incivilité, irrespect de la signalisation ou du code, conduite erratique, *multitâche*, excès de vitesse et *collage au cul*. Pour faire bonne mesure, il ajouta une salve à l'adresse des cyclistes et des piétons trop innocents pour se méfier de quiconque a les deux mains sur le volant.

Michel, amusé par sa tirade, lui dit qu'il ferait un excellent ministre des *Transports* – au sens racinien du terme. Personne ne sembla comprendre son calembour autour de la table.

— Ça ne peut qu'empirer, reprit Hervé, jusqu'à ce qu'on limite sérieusement l'automobile individuelle en milieu urbain. Plusieurs villes le font déjà partout sur la planète. C'est très intéressant.

— Pourquoi tu nous parles de ça tout à coup ? demanda Marc, qui le voyait venir.

— Je pensais à des chroniques sur ces différentes villes qu'on pourrait échelonner pendant la saison.

— Tout le monde a des idées cette année, dit Manon.

— On en profite pendant qu'on en a encore le droit.

— Qui ferait ta recherche ? demanda Stéphanie.

— Moi.

— Toujours les mêmes qui voyagent, lança Stéphanie.

— Je suis assis derrière mon volant depuis trois ans. Je n'aurai pas volé d'aller sur le terrain !

Michel donna raison à Hervé. Stéphanie était jeune, et il se présenterait bien d'autres occasions. Elle lui tira la langue. Une jolie petite langue, rose et fine.

— C'est vrai que c'est intéressant, dit Manon, surtout en lien avec la dépendance au pétrole et les changements climatiques.

— Je peux toujours voir ce qui est possible, avança Marc en frottant son pouce et son index.

À la fin de la réunion, tous partirent l'un après l'autre, sauf Michel qui parcourut de nouveau le plan de l'émission en ajoutant quelques notes. Les paroles de l'itinérant lui revinrent à l'esprit. *Il y a une vie en dehors des médias.* Qu'est-ce que ce Réjean avait voulu dire ? Reprochait-il aux médias d'être coupés du monde ? Tout est si équivoque dans la parole humaine… Michel se remémora la voix du jeune homme. Il avait parlé d'une ordonnance médicale. Se pouvait-il que son médecin traitant ait véritablement lié ses ennuis de santé – mentale sans doute – à une quelconque confusion entre ce qui se passe dans la vie et ce qui est retransmis en ondes ? La caverne de Michel était-elle sise sur une telle ligne de faille ?

Stéphanie réapparut à la porte.

— Michel, ton sommaire !

— J'arrive.

Elle l'accompagna jusqu'au studio du midi, glissant son bras sous le sien dans le corridor vide.

— Qu'est-ce que tu fais ce soir ? Je suis toute seule.

Michel pensa à Vieille Peine et bredouilla qu'il ne savait pas trop, qu'il verrait en fin de journée. Il entra dans le studio, annonça son programme sans mettre ses écouteurs, salua l'équipe en ondes, fit gentiment de même avec Stéphanie et se dépêcha d'aller chez lui.

À la maison, il découvrit une flaque d'urine sur le carrelage de la salle de bain. Vieille Peine, humiliée, n'avait pu se retenir. Elle détournait le regard.

— Ce n'est pas grave, ma Vieille. La salle de bain, ça sert à ça.

Michel ignora sa faim ainsi que l'idée que sa chienne puisse devenir incontinente et sortit avec elle. Dès qu'elle mit la patte dehors, elle tira inlassablement sur sa laisse jusqu'à un square gazonné deux coins de rue plus haut et s'accroupit. Michel ramassa ses besoins et déposa son petit sac biodégradable rempli à ras bord dans la poubelle. Celle-ci était enchaînée à l'unique banc du square, comme si on craignait que quelqu'un la vole. Un bonhomme ivre mort gisait sur le banc, bougonnant légèrement dans son demi-sommeil. Il puait plus que les déjections de sa chienne. «Les animaux ne perdent jamais leur dignité, eux», songea Michel.

Ils gravirent la côte jusqu'au parc La Fontaine, firent le tour de l'étang. Vieille Peine croisa un petit chien, se hérissa et grogna sourdement. Michel l'obligea à se coucher et s'excusa auprès de la maîtresse de l'autre animal, une jolie trentenaire. Elle avait cet air timide des jolies trentenaires qui ne croient pas qu'elles sont jolies. Il engagea une conversation plaisante, mais elle s'éloigna bientôt avec son chien qui dodelinait à ses côtés en ignorant superbement Vieille Peine.

Intrigué par le comportement de sa chienne, Michel se dit que quelque chose avait dû se passer naguère en Toscane, une histoire ayant mal tourné avec un petit chien. Une autre question qu'il ne pourrait jamais résoudre. Cette bête a la mémoire à fleur d'échine et pense avec son flair.

La jolie trentenaire jouait maintenant avec son chien, penchée. Son derrière était très tentant. Michel imagina avec une netteté qui le surprit lui-même cette croupe dans la chaleur d'une chambre. Il n'est pas bon de se laisser rouiller. Il appela Stéphanie. La jeune recherchiste était encore libre ce soir.

À trois heures du matin, elle lui demanda de partir. Stéphanie avait toujours le même besoin de se retrouver seule, *après*. Michel ne s'en formalisa pas. Il dormirait mieux chez lui de toute façon. En outre, il s'était un peu trop donné et avait ressenti de nouveau une petite douleur au bas-ventre. Il faudrait qu'il en parle au docteur Gladu. Son examen annuel s'en venait.

— Stéphanie, dit-il avant de s'en aller, ferais-tu une petite recherche pour moi?

— Pour le travail?

— Une recherche personnelle.

Il lui parla de Mlle Pivoine, anciennement sœur Angélique. Il lui fournit le peu d'informations qu'il détenait de mémoire et évoqua son école primaire, qui existait toujours dans Rosemont.

— Attends, je le note, dit-elle.

Elle se redressa dans son lit, fouilla dans le tiroir de sa table de chevet à la recherche d'un crayon et d'un carnet.

— Sais-tu à quelle congrégation elle appartenait?

Michel ne croyait pas l'avoir jamais su. Stéphanie baissa les yeux pour réfléchir. Elle faisait des bruits avec sa bouche et des moues dubitatives. « Qu'est-ce que je fous ici? » se demanda Michel en observant son corps de jeune femme.

— Pour toi, je veux bien, dit-elle enfin, si tu m'expliques pourquoi.

— Elle s'est rappelée d'elle-même à ma mémoire récemment, comme si elle me faisait signe.

— Je te donne des nouvelles dès que possible.

— Merci. T'es formidable.

Il l'embrassa et quitta l'appartement.

4

Michel jeta son dévolu sur un condo du Vieux-Montréal avec vue sur le fleuve. Si le marché des maisons en rangée était à la surenchère, celui des condos stagnait. Celui qui l'intéressait appartenait à un fantôme qui semblait ne l'avoir jamais habité. Avec ce genre d'investisseur à distance, il valait la peine de miser. Une chance était toujours possible. L'appartement correspondait aux critères de Michel, mais il n'avait pas eu de *coup de cœur* (sinon pour un très beau tapis turc qu'il demanda d'inclure dans la vente). Il déposa donc une promesse d'achat plutôt basse et elle fut acceptée, tapis turc compris. Michel pourrait emménager avant la première neige. La rapidité avec laquelle l'affaire fut conclue lui procura une douce euphorie le jour de la signature et des sueurs froides la nuit suivante. Vieille Peine, couchée à ses pieds, vint le lécher pour le rassurer et se saler les babines. Michel lui caressa les oreilles. Elle lui rendit un regard frémissant. Il savait qu'il n'aurait qu'à tapoter sa couverture pour qu'elle saute dans son lit. «Oh, non, Vieille Peine», dit-il en réprimant la tentation. Cette chienne n'avait pas une once de méchanceté dans le cœur. «Ce soir, je vais nous préparer un osso buco.»

Vieille Peine raffolait des braisés et de leurs os. De ses mâchoires, elle pouvait mettre en pièces un jarret d'agneau en quelques secondes ou se délecter sans fin des os à moelle de veau, trop durs pour être cassés, mais dont elle trouvait le moyen de tirer tout le suc. À l'heure du souper, Michel l'écouta grogner de plaisir avec l'osso buco. Elle jouissait avec une férocité gourmande qui lui donnait l'air d'une louve. Ça la rajeunissait.

Au quotidien, sa vie ne fut plus que segments et fragments. Les tâches qui l'occupaient ne semblaient pas liées les unes aux autres. Il avait l'impression de faire du ménage à longueur de journée. Un vendredi matin, il prit congé de préparation à Radio-Canada et travailla chez lui à dresser une liste d'invités potentiels pour le *Treizième blé d'Inde*. Il y alla à son goût, selon les lectures qu'il avait déjà faites, alignant des noms d'essayistes et des champs de spécialisation. Il voulait des penseurs, pas des experts. Ce débroussaillage terminé, il écrivit quelques ébauches de présentation modèle. Il rédigeait d'une main sûre, notant ses idées avec calme et les éclaircissant comme on passe le râteau dans les feuilles. Vieille Peine émettait à ses pieds son souffle océan, transportant avec elle l'air de la campagne. Elle était son principe de nature.

Peu avant midi, la chienne entendit les pas du facteur sur le perron. Alertée, elle gravit les marches menant au rez-de-chaussée. Monter la garde était particulièrement valorisant : le facteur n'osait jamais franchir le seuil de son territoire. Il se contentait de gratter à la porte et quand il entendait Vieille Peine gronder derrière la cloison, le facteur déguerpissait en abandonnant ses lettres derrière lui. Michel ramassa deux enveloppes et une publicité d'une entreprise de déménagement qui s'occupait de tout. « Tiens, tiens. »

Ils filèrent à Radio-Canada. Michel lut le programme de son émission qu'il venait d'imprimer. Un jour, il ne serait même plus obligé de se présenter en studio. Il pourrait tout faire de chez lui avec un équipement de pointe ultraléger. C'est ce dont rêvait un gestionnaire haut gradé de la maison que les nouvelles technologies excitaient. Marc soupçonnait le cadre en question d'avoir des actions dans une entreprise intéressée à vendre sa quincaillerie.

L'air sentait de plus en plus l'automne. Les marchands de la rue Sainte-Catherine décoraient leurs citrouilles. Michel crut reconnaître Réjean en train de quêter au coin de la rue Wolfe, casquette en main. Michel l'interpella. Depuis leur première rencontre, il lui donnait deux dollars chaque fois qu'il le croisait. Réjean était devenu son itinérant de prédilection, celui avec qui on construit un lien. Il avait même réussi à le persuader de le vouvoyer. Le jeune homme approcha au trot, traînant avec lui un doucereux relent de misère qui intéressa vivement Vieille Peine.

— Réjean, ma chienne est en train de vous suggérer de vous laver.

— Elle est bien fine de me le dire. Moi, je ne peux pas me sentir.

Michel fut tenté de proposer à l'itinérant de tenir compagnie à Vieille Peine le temps qu'il fasse son saut au studio du midi, mais il n'était pas encore certain de pouvoir se fier au pauvre garçon. Il entra donc avec sa chienne, malgré l'interdit, et entreprit d'amadouer le réceptionniste en disant qu'il entraînait un chien guide pour un topo sur l'aveuglement dans notre société. Le réceptionniste multiplia les calembours canins en s'excusant de devoir malheureusement lui refuser ça. «C'est chien, je le sais.» Michel ressortit attacher Vieille Peine à la rampe des handicapés.

En fin de journée, après son macchiato, il fila avec Vieille Peine à la campagne où ils passèrent la fin de semaine à préparer le jardin pour l'hiver. Michel récolta tout ce qu'il restait encore de comestible dans le potager et aux branches des arbres fruitiers. Il protégea quelques arbustes, ramassa les feuilles mortes et les jeta dans une fosse aménagée pour le compostage. À la fin de la corvée, il y avait un tas de deux mètres cubes. La chienne y plongea, se tortilla, s'en donna à cœur joie, comme une gamine. Le soir venu, Michel s'installa paisiblement avec un livre en entretenant le feu, et Vieille Peine contempla rêveusement le temps qui s'écoulait.

Le lendemain, après une très longue promenade, elle s'écrasa sur la galerie avant de la maison. Michel en profita pour aller à l'épicerie à vélo. Revenant, il s'arrêta avant la dernière ligne droite pour l'observer, caché par la végétation. Elle était toujours sur la galerie, là même où il l'avait laissée, mais assise maintenant et attentive aux moindres bruits. Elle l'attendait. Soudain, elle redressa le museau pour humer le vent. L'insondable espérance qui la portait le toucha tant qu'il eut l'impression de fendre en deux. Son cœur brûlait.

5

Le jeudi de la première de *La Renonciation*, Michel n'avait pas tellement envie de sortir. Il avait pourtant attendu le moment avec impatience. Mais il avait quitté le studio et maintenant, dans la chaleur de sa cuisine, l'idée de remettre le nez dehors ne l'enchantait guère. Laisser Vieille Peine lui répugnait. La pauvre avait l'air plus égarée que jamais parmi les boîtes de livres empilées le long des murs dégarnis. Michel avait vidé ses bibliothèques et décroché ses œuvres d'art. L'équipe d'emballeurs s'occuperait du reste samedi matin. On l'avait assuré que le déménagement serait terminé à midi.

Il sortit Vieille Peine et la promena d'un pas vif afin qu'elle dorme toute la soirée. Il mangea un fond de soupe sans le moindre appétit, prit une douche et s'habilla pour la circonstance. Rien de trop chic, mais de l'élégance. L'heure approchant, il devint nerveux, en proie à une agitation qu'il n'osait qualifier. Un spectateur n'est pas censé avoir le trac.

Il n'avait pas assisté à une pièce depuis au moins cinq ans. Simone et lui avaient délaissé le théâtre après s'être tapé une enfilade de pièces chorales qui n'avaient guère laissé d'empreinte, peut-être parce que les personnages ne se regardaient jamais – comme si les acteurs craignaient qu'il se passe quelque chose entre eux – et scandaient leur confession face au public. Tout cela était certes sophistiqué, et les artistes, performants, mais c'était comme si la sophistication revenait à polir compulsivement un objet pour qu'il brille. S'il était possible d'admirer ce genre de théâtre, l'aimer était plus difficile. On ne trompe pas un intervieweur de la trempe de Michel avec des effets bien ficelés. Si quelqu'un savait à quel point la vérité de l'être humain est chevillée à son corps et à sa voix, c'était bien lui. Plus les artistes succombent à la tentation de cirer leur art, plus celui-ci ressemble à leurs bottes.

Il décida de se raser avant de sortir, car sa repousse était piquante et il risquait de devoir embrasser des gens. Il marcha jusqu'au théâtre, comptant sur l'air automnal pour le mettre dans de bonnes dispositions. Sous la marquise transformée en fumoir, il salua plusieurs comédiens et quelques collègues. Il tomba face à face avec Marie-Ève, sa chroniqueuse à la culture.

— Michel ! Tu aurais dû me dire que tu venais. Veux-tu faire la critique toi-même en ondes demain ?

— Je suis en conflit d'intérêts, Cynthia m'a invité.

— Oh, je vois.

Michel lui sourit béatement, renonçant à répondre qu'elle ne voyait rien du tout. Marie-Ève lui raconta qu'elle s'était disputée avec son *chum* avant de partir, car la gardienne avait eu un pépin. Son compagnon était frustré. Ils ne sortaient jamais ensemble.

— En plus, il avait vraiment envie d'assister à la pièce. Il a fantasmé toute sa jeunesse sur la fée Perlimpinpette.

Michel se laissa entraîner par le courant dans le hall bondé et se faufila jusqu'à la salle en lançant des sourires et des clins d'œil à gauche et à droite. Sitôt assis, il mit le nez dans son programme. Le texte de Cynthia était librement adapté d'une nouvelle d'un écrivain sud-américain qu'il ne connaissait pas. Le noir se fit dans l'assistance, le brouhaha se dissipa, et une voix les invita avec humour à déballer tout de suite leurs pastilles, à repérer les sorties de secours et à éteindre leur téléphone.

Au début, il redouta le pire, car les acteurs jouaient de manière irréprochable, ce qui augurait mal. Mais dix minutes plus tard, la magie du théâtre opéra et il suivit l'action avec l'attention captivée d'un enfant et l'exigence d'un homme.

La Renonciation exposait un conflit entre un médecin et un gestionnaire d'hôpital amoureux de la même patiente. Celle-ci, atteinte d'un cancer du sein, croyait que sa féminité ne tenait qu'à un coup de bistouri. Il y avait également une infirmière et le fils de la malade, dont les drames mineurs et le besoin de consolation servaient de contrepoints à la trame principale. La fin de la pièce ne résolvait rien, chaque personnage se retrouvant après mille détours devant l'obligation de renoncer à quelque chose pour aller de l'avant.

Au noir, un silence plana quelques instants avant qu'une ovation bien sentie éclate. Michel se joignit à la vague. La pièce l'avait sorti de lui-même, happé. Il était devenu un *auditeur*, libre par indétermination. Cette histoire qui aurait pu être banale flottait dans un clair-obscur qu'il avait trouvé agréablement féminin. Enfin, il avait vécu *autre chose*.

Après les saluts et le mouvement vers la sortie, il traîna dans la salle, *groggy*, décalé. Une placière l'interrogea du regard. Il demanda Cynthia. Elle lui désigna les coulisses. Il louvoya de loge en loge, entre les grappes d'amis et les gens de théâtre venus féliciter les acteurs. Ne voyant Cynthia nulle part, il tourna sur lui-même. Le monde des coulisses avait toujours eu sur lui un effet à la fois intimidant et tentant. Un homme, sans doute un employé du théâtre, s'approcha de lui.

— Je peux vous aider ?

— Je voudrais féliciter la metteure en scène.

— Ah oui, Michel ! Je reconnais votre voix. Cynthia est allée fumer, dit l'homme en pointant d'un coup de tête une lourde porte métallique.

Il fut surpris de la trouver seule dans la ruelle, une lueur rouge entre les lèvres. Elle tira une longue bouffée qu'elle rejeta lentement en l'air. Un lampadaire l'isolait du ciel et de la nuit. On entendait, assourdi, le flot des voitures de la rue. Michel eut l'impression qu'elle était triste.

— Cynthia ?

— Michel! s'écria-t-elle en se retournant. Ah, je suis contente!

Elle lui parut aussitôt si pleine de son univers, à la fois si nue et si auréolée, qu'il perdit ses moyens.

— Je ne sais pas quoi te dire, bafouilla-t-il en touchant son cœur. Merci.

Elle lui sourit d'un gracieux hochement de tête. Puis elle souleva la main pour lui montrer son mégot.

— J'ai cessé de fumer il y a presque un an, peux-tu croire?

Elle prit une dernière bouffée et laissa tomber le mégot.

— Viens, je vais te présenter.

Plus tard, il se retrouva au resto monopolisé pour l'occasion. La fête battait son plein. À un moment donné, Cynthia fut contrainte de porter un toast à la demande générale. Elle avait d'abord refusé, mais elle céda devant l'insistance.

— Je lève mon verre à la bonne vieille nostalgie des dernières, dit-elle.

Tout le monde se figea.

— J'ai dit « dernières »? Excusez-moi, je voulais dire « premières »! Votre première, la vôtre, parce que, moi, mon travail est fait. C'est un peu ma dernière.

Il y eut quelques protestations.

— Je suis contente, vraiment. Vous êtes bons, engagés. Je vous remercie de m'avoir permis d'aller au bout de mon projet, aussi loin que j'en étais capable. À vous de jouer maintenant, et à moi de faire face à ma propre renonciation.

Elle reçut une salve d'applaudissements.

— Je ne vous apprends rien en disant qu'au théâtre on avance par soustraction, reprit Cynthia. Vous allez bientôt compter les représentations qui vous restent. Chaque nouvelle pièce qu'on fait nous rapproche de la fin, et nos saluts sont parfois comme la répétition générale de notre ultime baisser de rideau. Mais quand on arrive à cristalliser un moment de vie sur scène, on procure aux gens une réelle expérience, quelque chose qu'ils emportent avec eux. En rentrant chez moi tout à l'heure, je vais me rappeler que *La Renonciation* a été pour moi un de ces moments de vie qui contiennent en concentré toute la vie. Un gros merde à tous !

Elle leva son verre. Tous l'imitèrent, sauf Michel qui la regardait fixement, bouche bée.

La fête reprit ses droits. Un comédien et une comédienne assis près de lui discutaient d'un problème de costume. Plus tôt sur scène, ils transportaient un univers et, maintenant, ils se souciaient de rajustements triviaux. Michel se demanda s'il était comme ça, lui aussi, à la fois monde et détails, tout ça, rien que ça. Cynthia, qui faisait le tour de la tablée, se pencha sur lui.

— Michel, je m'en vais, je suis vidée.

— Je pensais partir aussi.

— On fait un bout de chemin ?

Dehors, la nuit était agréablement fraîche. Ils marchèrent côte à côte vers l'ouest. Ils n'échangèrent que quelques paroles brèves et laissèrent trois taxis les dépasser sans leur faire signe. Au coin de l'avenue du Parc, Cynthia eut un coup de fatigue.

— Je n'ai plus de jambes. J'habite dans le Mile End. Je vais prendre un taxi. Toi ?

— Je vais rentrer tranquillement à pied.

Il leva le bras pour héler un taxi qui venait d'apparaître à l'intersection. Ils se firent la bise et il lui ouvrit galamment la portière.

— Cynthia ?

— Oui ?

— Merci pour cette soirée. La prochaine fois, c'est moi qui t'invite.

6

Les déménageurs réveillèrent Michel à sept heures deux, le samedi matin. L'opération se déroula sans la moindre anicroche. Même le technicien qui devait rebrancher Internet et compagnie se pointa à l'heure. Michel remercia les gars avec un bon pourboire et l'habituelle caisse de bière.

Une fois laissé à lui-même au milieu de ses boîtes, il envisagea de fuir à la campagne, mais Vieille Peine s'était réfugiée sur le balcon grand comme un patio du nouveau condo et refusait obstinément de bouger. Elle s'était tout de suite plantée devant les portes coulissantes à double vitrage et action thermique d'un air inconsolable. Michel lui avait ouvert et elle s'était roulée en boule après trois pas.

Il vint la rejoindre par terre et lui caressa les oreilles. Il faisait frais sur le balcon, mais le temps était clair et le soleil réchaufferait vite son pelage couleur de Rome. À cet étage, la vue se déployait sans obstacle sur le Vieux-Port et sur le fleuve. Embrassant d'un seul coup d'œil tout ce qui se trouvait entre Habitat 67 et le pont Jacques-Cartier jusqu'au mont Saint-Hilaire, dont les rouges et les ors brillaient, Michel prit conscience de l'incroyable privilège qu'il avait : de l'espace, du ciel, du fleuve, de l'horizon, *L'Homme* de Calder et le dôme géodésique de Buckminster Fuller. Il continua à flatter la chienne et à lui parler tout doucement jusqu'à ce qu'elle consente à le suivre à l'intérieur où elle se laissa choir sur le tapis turc. « Ou bien elle boude, ou bien elle fait la grève. Mais bon. Puisque c'est comme ça, on n'ira pas à la campagne. »

Il consacra tout l'après-midi au déballage et au rangement des premières nécessités, après quoi il obligea Vieille Peine à prendre l'air. Dehors, la lumière baissait et l'humidité du fleuve montait, portée par le vent. La chienne le suivit à contrecœur et ne retrouva un peu d'entrain que dans les jardins de Nouvelle-France du Château Ramezay. Michel acheta ensuite une tonne de mets sous vide chez un traiteur et ils revinrent sur leurs pas.

Ils s'installèrent à l'îlot de la cuisine, lui dessus, elle dessous. Il mit un plat sous vide au four, déboucha une bouteille de vin et lut deux longs courriels de Simone et d'Emma.

Simone lui écrivait de Venise. Elle lui apprit que l'histoire d'amour d'Emma avait tourné court – *à mon grand soulagement* – et occasionné une peine de cœur, bien trop de larmes pour un gars qui n'en méritait pas tant et une crise mère-fille carabinée. Simone s'était interposée quand elle avait découvert que l'amoureux en question avait des problèmes de drogue et une fille de deux ans qu'il ne voyait qu'une fin de semaine sur deux, et ce, sous supervision. Heureusement, Emma avait le temps et la disponibilité d'esprit de se soucier plus activement de son avenir. Elle se documentait beaucoup. La médecine était toujours dans le décor, mais laquelle ? Quelle branche lui permettrait de faire de la recherche tout en se sentant près des gens ? Laquelle lui éviterait autant que possible les tracasseries administratives et bureaucratiques qui empoisonnent la pratique ?

Le courriel d'Emma lui apprit que Simone et Magdalena avaient eu leur première vraie dispute trois jours plus tôt et que les murs avaient tremblé. C'était pour se remettre que les deux femmes s'étaient offert deux jours d'escapade à Venise. L'automne commençait tout juste à s'installer en Toscane, un automne alangui, ni aussi abrupt et coloré qu'ici, mais qui donnait des lunes saisissantes.

Michel nota avec un froncement de sourcils que Simone parlait d'Emma, et Emma, de Simone. Sinon il accueillit ces nouvelles avec un certain recul, bien qu'heureux d'entendre leurs voix dans sa tête. Il attaqua son plat de poisson, très bon. Il envisagea de laisser le traiteur le nourrir comme ça toute l'année et de ne cuisiner que les soirs où il en aurait vraiment envie.

Il répondit aux deux courriels en copiant-collant à peu près les mêmes choses. Il raconta sa soirée au théâtre, donna des nouvelles de Vieille Peine, du déménagement, et décrivit le condo, ajoutant qu'ici il saurait se faire à l'idée de vivre seul et ne se consumait plus de regrets en songeant à son ancienne vie. Il conclut en disant que même si elles lui manquaient, surtout sa fille, il ne s'ennuyait pas.

Il finit de s'installer le lendemain. À midi, il ne restait que les décorations et les œuvres d'art à mettre aux murs, mais cela attendrait. Il ne connaissait pas encore la façon dont la lumière jouait sur les surfaces. Il partit sillonner le quartier avec Vieille Peine et un livre, repéra les rues agréables, les commerces intéressants, les coins où prendre ses aises. En cours de route, son cellulaire sonna. Stéphanie voulait lui communiquer les résultats de sa recherche sur Mlle Pivoine. Michel l'invita chez lui. Elle accepta sans hésiter, elle aimait le Vieux-Montréal et s'était toujours demandé comment c'était d'y vivre. Elle serait là à dix-huit heures.

Cette jeune femme était une énigme absolue. Elle s'offrait à vous tout entière, mais en coup de vent. Tout ou rien, ou plutôt tout puis rien. Faire l'amour avec elle donnait à Michel l'impression de figurer dans un film pornographique ou de tester la puissance d'accélération d'une voiture sport. Elle était prodigieusement intelligente et mettait passionnément son esprit en jeu dans ses recherches. Indépendante, farouche même, voire compartimentée, elle avait su se rendre rapidement indispensable. Peut-être un peu trop, d'ailleurs. Bref, la recevoir comme ça un dimanche soir était une folie.

Elle débarqua en survêtement de sport, le visage rouge et le vélo de route sur l'épaule. Elle venait de se taper cinquante kilomètres. Michel lui souhaita la bienvenue et la guida vers la salle de bain où elle voulait se doucher et se changer. Elle ressortit toute pimpante, en robe – une rareté. Il lui tendit un verre de vin et lui fit visiter l'appartement, pièce par pièce. Elle se moqua de lui avec une certaine élégance : elle aimait bien les bourgeois, du moins ceux qui n'ont pas perdu le sens de l'humour et ne prétendent pas ne rien devoir à personne. Michel la rassura, il venait d'un milieu modeste qu'il n'avait ni oublié ni renié, pas plus qu'il n'oubliait que ses privilèges étaient bien des privilèges.

— Je paie mes impôts de bonne grâce et je rends de bonne foi mon tribut à notre héritage social-démocrate en voie de dilapidation.

Stéphanie voulut sortir sur le balcon. Michel mit au four deux plats à réchauffer et alla quérir des couvertures et une bouteille de vin. Dehors, il faisait noir et la vue scintillait. Sur le pont Jacques-Cartier, à gauche, les faisceaux de lumière des voitures donnaient l'impression que la structure de métal respirait. À droite, le gyrophare de la Place-Ville-Marie planait comme un reste de conscience sur la ville.

Pivoine Des Ruisseaux était décédée depuis trois ans. Elle était enterrée dans le cimetière de son village natal en Montérégie. Vers la fin de sa vie, elle avait publié un recueil de poèmes et avait connu un bref moment de reconnaissance au Festival International de la Poésie, à Trois-Rivières. Stéphanie avait réussi à mettre la main sur un exemplaire du recueil, dont l'unique tirage était épuisé et rare.

— Pour toi, Michel.

Il accepta le livre avec gratitude. On n'y voyait guère à cette heure et il le tourna et le retourna, sensible à sa texture, tandis que surgissaient des bribes de son enfance. Sa mémoire était comme une braise dont les rougeoiements dispersés sous la cendre émettent encore des signes. Il évoqua quelques souvenirs d'écolier, des journées de congé et des vacances, puis, de fil en aiguille, il finit par parler de sa mère.

— J'ai passé des années à voir ma mère rivée à la radio pour écouter religieusement des entrevues de fond. Je me rappelle Simone de Beauvoir, Anne Hébert, Marguerite

Yourcenar. C'était ça, Radio-Canada à l'époque, tu imagines ? On proposait cette envergure-là à ma mère, qui n'avait même pas terminé son secondaire, et elle en redemandait. Je ne pourrai jamais combler mon auditeur idéal comme ma mère l'a été.

Stéphanie l'avait écouté, le regard brillant dans le soir, et maintenant elle avait froid. Ils retournèrent à l'intérieur où il ouvrit le recueil au hasard et lut de sa meilleure voix un court poème où il était question de doute et de fécondité. Ce qui les attendait au four sentait bon et ils mangèrent avec appétit. Puis Stéphanie se débarrassa de ses chaussures et se mit à danser sur le tapis turc, entraînant bientôt Michel dans ses virevoltes. Vieille Peine s'excita avec eux un moment, puis abdiqua. Ils baptisèrent d'abord sa chambre en rigolant, puis son bureau en se regardant dans les yeux, et enfin le salon en se consumant. Seule la chambre destinée à Emma fut épargnée. Il y a des limites. En nage, Michel alla sous la douche, laissant Stéphanie apparemment repue sur le tapis turc, lovée contre la chienne. Sous le jet fumant qui lui martelait le crâne, il se convainquit que ces jeux sportifs n'étaient plus de son âge. Il devait le dire à Stéphanie. Au même moment, elle vint le surprendre sous la douche en ondulant. Elle s'agrippa à lui et au cadre de douche et il la prit, debout, sans plus de cérémonie. Quand il sentit sa petite douleur au bas-ventre, il serra les dents et cessa de bouger, la retenant enlacée et haletante. Elle chuchota bientôt à son oreille : « Si tu veux, je peux rester cette nuit. »

Ce fut au tour de Michel de lui dire de rentrer chez elle parce qu'il avait lui aussi besoin d'être seul, *après*. Les rôles étaient inversés. Elle baissa la tête et s'en alla gentiment sans faire d'histoires, le vélo sur l'épaule.

Le lundi matin, l'infirmière du docteur Gladu n'en crut pas ses yeux; Michel se pointait à la clinique à huit heures trente pile, comme prévu. De mémoire de femme, il avait toujours remis son rendez-vous à la dernière minute.

— J'espère que vous allez bien, s'inquiéta-t-elle aussitôt.

— À part mes petits bobos d'homme, je vais bien.

— Docteur Gladu va s'occuper de ça. Porte quatre.

Ses tests de sang révélaient un peu trop de cholestérol et de sucre. La pression était bonne, le souffle et le cœur réguliers. Il convenait d'éviter, autant que faire se peut, les fritures et le sucre, y compris celui que le vin contient en quantité.

— Vous m'avez l'air en meilleure forme que l'an passé, en tout cas.

— Je marche beaucoup depuis cet été. J'ai ramené une chienne d'Italie. Par contre, j'ai l'impression qu'elle appréhende l'hiver qui s'en vient.

— Le truc, l'hiver, c'est de jouer dehors. Moi, c'est le hockey. Je fais partie d'une ligue de garage du genre vieux poêle. On s'amuse bien et ça sort le méchant.

— Je n'en doute pas. J'ai joué pas mal au hockey plus jeune, moi aussi.

L'heure de la prostate venue, Michel détacha sa ceinture et aborda le délicat sujet de ses élancements *coïtaux*. Le médecin palpa ses testicules et son abdomen pour localiser précisément le point douloureux.

— Je ne suis ni urologue ni sexologue, mais je vous dirais de ne pas trop forcer la note au lit. Demandez-vous simplement de quoi vous avez réellement besoin, ni plus ni moins. De toute façon, les besoins de votre femme changent sûrement, eux aussi.

— Ah, pour ça, oui, ricana Michel malgré lui.

Le docteur Gladu sourcilla.

— Est-ce que j'ai dit quelque chose d'indélicat?

— Ma femme et moi, on s'est laissés. Mais ça va. Enfin, ça passe. Tranquillement.

— Ah bon! Vos élancements résultent donc de rencontres occasionnelles. Qui dit rencontre occasionnelle dit manque de régularité. Quand la chose se présente, on saute dessus à pieds joints avec un sentiment de jeunesse retrouvée, mais c'est une illusion. C'est juste ça, votre problème. À notre âge, il vaut mieux en faire moins, mais plus régulièrement. Si vous êtes seul, un petit ménage aux trois jours est tout indiqué. Toutefois, si vos douleurs persistent deux ou trois mois, revenez me voir et on investiguera. Bon, tournez-vous sur le côté gauche.

Michel quitta la clinique rasséréné. Il roula calmement en voiture le long d'une piste cyclable très achalandée. «J'aurais pu venir à ce rendez-vous en vélo, se dit-il. Tant qu'il n'y a pas de neige, ça va. C'est bon pour la forme, pas compliqué, pratique.» Son vélo rouillait à la campagne, mais ce n'était pas une excuse. Il pourrait faire comme Stéphanie, qui venait travailler en Bixi. L'an passé, lors de la première vraie tempête de neige, elle était même arrivée en skis de fond, le sourire fendu jusqu'aux oreilles tant la ville paralysée l'enchantait. Michel préférait le patin. À la campagne, ça aussi. Depuis des années, il entretenait un anneau de glace dans le bassin de la rivière. Il suffisait de quelques jours de grand froid. Son bâton de hockey devait être quelque part dans la remise avec les outils déglingués. Dieu sait dans quel état. Mais bon. Il restait encore quelques semaines de temps doux à la campagne le long des chemins blanchis. Vieille Peine pourrait apprivoiser l'hiver en trottinant devant lui. Son pelage couleur de Rome la rendrait resplendissante dans la neige. L'hiver était tellement plus chaleureux à la campagne. Pourquoi n'inviterait-il pas Cynthia? Elle ne devait pas avoir beaucoup d'occasions de sortir du trou de beigne. Mais aimait-elle les chiens?

Il arriva à Radio-Canada perdu au milieu de sa rêverie. Réjean faisait le pied de grue près du stationnement, l'air plus harassé que d'habitude. Michel lui demanda où il envisageait de passer l'hiver. Le jeune homme haussa les épaules. Michel lui donna ses deux dollars coutumiers et, après réflexion, son foulard.

Toute la semaine, le travail l'absorba. Une salle de presse est une ruche où alternent les moments d'attente, de calme affairé, de fébrilité, de consternation et de déferlement. Son rythme peut devenir irrésistible. Sentir poindre une cohérence dans la masse chaotique du monde est proprement intoxicant. Il suffit d'une dépêche d'un correspondant pour que ça déboule. Trois fois durant la semaine, cela se produisit. L'indignation généralisée qui soulevait la planète atteignait nos rivages. Il y avait quelque chose dans l'air, une atmosphère de fin de régime croupissant sous les portes closes. Ça commençait à brasser. Les plus jeunes membres de l'équipe retenaient leur souffle devant les multiples écrans où se relayaient de brefs communiqués, se rongeaient les ongles, se mordillaient les lèvres.

Michel regardait ces jeunes *junkies* de l'information avec affection et indulgence. Ils s'excitaient trop pour leur propre bien, pensait-il. L'analyse en souffrait, mais bon. Il aimait bien ce qui-vive. Rester allumé dans une société gérée par des éteignoirs méritait d'être salué.

Stéphanie rédigeait un texte pour lui avec dévotion, concentrée, dans sa bulle. Ses doigts couraient sur le clavier. Ils avaient préparé ensemble l'entrevue de la ministre de l'Éducation sur l'intimidation en milieu scolaire. Il recevrait bientôt la copie imprimée de sa partition de notes, de questions, de formules concises à saisir d'un coup d'œil ; toute une poésie de lignes télégraphiques.

Stéphanie n'avait pas droit à l'effervescence sociale que Michel avait connue à son âge. La jeune femme devait se défendre non seulement d'un monde en voie de désintégration, mais aussi du désenchantement de sa génération à lui. « Ce qui nous a échappé en cours de route, se dit-il, elle le retrouve sur son chemin. »

Se sentant observée, elle leva la tête et tira sa jolie langue rose et fine. Michel lui sourit et s'éloigna pour ne plus la distraire. Il était le plus calme de tous. Dans ce métier, le temps est la seule cure de désintoxication. Le temps et la famille. Pas le choix de retomber sur terre quand on a des enfants. Emma avait eu cet effet sur lui, en tout cas. Sa fille l'avait posé. Il était devenu plus méthodique au travail. La vie de Michel durant l'enfance d'Emma lui apparaissait maintenant comme une plage de maîtrise de soi et de professionnalisme. Ses douze meilleures années.

Et voilà qu'il arrivait à cet âge où l'on ne s'étonne plus de voir de vieilles mécaniques sociales se réenclencher, des comportements dépassés ressurgir, des peurs désuètes résonner de nouveau. La cité, tour à tour, nous porte et nous pèse. Quand elle nous porte, on se met à croire à la magie du monde. Quand elle nous pèse, c'est tout notre art de vivre qui vacille.

Avant d'entrer en ondes, il alla aux toilettes. Il avait bu beaucoup d'eau à cause du chauffage de l'édifice. Quand il ressortit, Stéphanie était postée à la porte des toilettes pour femmes, semblant attendre son tour. Mais il savait qu'elle désirait lui parler et devina même, à son air buté, ce qu'elle voulait lui dire.

— Je sais bien, Stéphanie, c'est comme ça, dit-il avant qu'elle ait ouvert la bouche.

Mais elle avait besoin de l'exprimer elle-même.

— J'ai aimé chaque moment qu'on a passé ensemble, Michel. J'étais contente que tu me demandes de faire une petite recherche pour toi. Mais je pense qu'on ne devrait plus se voir en dehors du travail.

Michel sentit qu'elle n'avait pas tout dit et l'encouragea du regard. Elle hésita, prit une grande respiration pour ajouter quelque chose, mais elle y renonça et disparut dans les toilettes pour femmes.

— Nous accueillerons dans un instant la ministre de l'Éducation avec qui nous aborderons l'épineuse question de l'intimidation en milieu scolaire. Malgré une abondante documentation et des mesures préventives, le phénomène ne cesse de s'amplifier, au point où l'on se demande jusqu'où l'on veut vraiment s'en occuper. Encore faudrait-il espérer, soupira Michel, que ceux qui sont à la tête arrêtent de donner le mauvais exemple à ceux qui sont en bas.

Manon lui fit les gros yeux.

— Mais d'abord, allons voir du côté de la circulation. Hervé? Hervé, êtes-vous là?

— Oui, oui! Je suis là, Michel. Je me trouve sur la Métropolitaine Ouest, à la hauteur de Christophe-Colomb, et je me dirige à pas de tortue vers la 15 où la situation est catastrophique. Marcel, un de mes bons collaborateurs, me signalait à l'instant qu'un incident s'est produit sur l'auto-route des Laurentides près du boulevard Saint-Martin. Je me permets de le citer dans son coloré langage: «Encore une *calotte* de Laval qui coupe trois voies pour prendre le champ!»

Tout le monde pouffa de rire en studio, même la ministre. De l'autre côté de la vitre, Manon serra les dents :

— C'est le *free-for-all* !

— C'est vendredi, dit son assistante.

À la fin de l'émission, Michel vit sa chère *réale* lui faire signe. Il s'attendait à ce qu'elle lui rappelle qu'il devait maintenir la cohésion dans son équipe. Mais elle lui tendit plutôt une liste révisée des invités du *Treizième blé d'Inde*. Celle-ci comptait trente noms. Tous avaient été approchés et avaient manifesté leur intérêt. Mais des questions logistiques se profilaient. Si l'on voulait avoir telle ou telle personne, l'entrevue devait se faire avant Noël.

— Ces deux-là, par exemple, seront à l'étranger après les fêtes. Regarde ça en fin de semaine et classe les noms par ordre de priorité. Trente noms, c'est déjà dix-sept de plus que d'entrevues à réaliser. Il y a autre chose. Certains invités ne veulent absolument pas qu'on aille chez eux, et comme il n'est pas question qu'on fasse ça en studio, j'ai pensé à ta maison de campagne.

— C'est celle de Simone.

— Peux-tu lui demander ?

— Je veux bien demander, mais je ne négocierai pas avec elle.

— Bien sûr que non. Juste l'approcher. Si elle accepte le principe, Marc va communiquer avec elle.

8

Première fin de semaine de décembre, Cynthia accepta son invitation à la campagne. Elle était soulagée d'avoir quelque chose à faire pour ne pas penser à ce qu'elle ne faisait pas. Sa pièce marchait bien, on avait ajouté des supplémentaires. Elle était contente du succès et heureuse pour la troupe, mais cela ne l'empêchait pas de se sentir désœuvrée, en deuil de création.

Michel, lui, sentait que leur passé brouillait le présent. Il ne savait pas trop ce qu'il attendait d'elle, mais le fait d'avoir été son amant autrefois neutralisait ses réflexes de séducteur. Cette fin de semaine était une façon de se mettre à l'épreuve.

Il alla la chercher en début de soirée le vendredi. Ils roulèrent à vive allure et elle se cramponna à son siège, au grand amusement de Michel. Un couvert nuageux annonçait de la neige. Vieille Peine avança jusqu'à la maison d'un pas pressé, le museau au sol. À l'intérieur, Michel prêta une veste de Simone à Cynthia et s'empressa de faire du feu.

— Je meurs de faim, lança-t-il. Et toi?

— Un peu, oui, répondit-elle.

Il ouvrit le frigo rempli de mets sous vide.

— Dis-moi ce qui te tente.

Elle aimait le canard. Il mit deux confits au four et prépara une salade de carottes, les dernières de son potager encore présentables. Le son des racines sur la râpe avait quelque chose de réconfortant. Cynthia déboucha une des bouteilles de vin qu'elle avait apportées.

— Les plats sous vide, c'est depuis que tu vis seul?

— Hum.

— Je devrais faire ça, moi aussi. Je mange n'importe comment et je gaspille une tonne de bouffe.

Cynthia parla sans arrêt pendant le repas. Ensuite, munis de lampes de poche, ils firent un tour dehors avec Vieille Peine. Une douce neige descendait, déposant de gros flocons sur leurs joues. La chienne marqua son territoire habituel en dix minutes et voulut rentrer. Ils lurent, elle allongée sur le sofa, lui engoncé dans son fauteuil, bercés par le souffle océan de Vieille Peine et les crépitements du feu qu'il venait de réalimenter. Cynthia ne mit pas longtemps à cogner des clous. Michel prit une catalogne dans le coffre en bois et la déplia.

— Pour te couvrir, dit-il. Tu vas être bien.

Cynthia tenta de lire pour combattre son ensommeillement, mais, une fois bien emmaillotée, elle s'endormit rapidement, les lunettes sur le nez et le roman sur la poitrine.

Michel lut longtemps. Chaque fois qu'il tournait une page, il lui jetait un coup d'œil avec un sentiment diffus de tendresse.

À six heures trente le lendemain matin, Cynthia s'éveilla dans la chambre d'amis. Elle ne se souvenait plus d'être allée se coucher. Encore moins de s'être mise en pyjama. Elle se rendit d'abord à la salle de bain et gagna ensuite la cuisine où elle se servit un verre d'eau qu'elle but à petites gorgées devant la fenêtre. Elle pouvait voir une nuit d'encre d'un côté du ciel et une aube rose et mauve de l'autre. Au sol, une couche de neige nouvelle vibrait.

— C'est beau, hein? dit Michel, derrière.

Elle eut un léger sursaut de surprise et sourit. Il était tout près. Il frôla ses épaules et respira ses cheveux. Elle s'appuya alors doucement contre lui et il passa ses bras autour d'elle. Elle couvrit ses mains des siennes et ils ne bougèrent plus jusqu'à ce que leur reflet s'estompe dans la vitre tandis que le jour se répandait.

Ils se firent des tartines de beurre d'arachide et du café, puis allèrent jouer dehors. Il ne faisait pas froid, la neige se liquéfiait sous leurs semelles, mais Vieille Peine traînassait. Elle refusa bientôt de continuer et s'arrêta tout simplement en attendant que Michel comprenne. Il la ramena donc à l'intérieur et ressortit aussitôt pour montrer la rivière à Cynthia.

— Mon petit paradis, lui dit-il une fois qu'ils y furent arrivés. C'est à Simone, tout ça. Mais bon.

L'après-midi, Michel numérota de un à trente la liste des noms du *Treizième blé d'Inde* par ordre de préférence, ce qui se révéla assez déchirant. Il refit sa liste maintes fois. Posant la plume, il se tourna vers Cynthia qui lisait.

— À quoi sert le théâtre ?

Elle leva les yeux de son bouquin et ôta ses lunettes.

— Ça ne sert à rien. Comme l'amour.

— *La Renonciation* me traverse souvent l'esprit et me laisse une impression presque physique. Mais ta pièce me lie à toi. Ma question était plutôt sur le théâtre en général.

— Le théâtre en général, ça n'existe pas. Pour moi, le théâtre trouve sa raison d'être quand il met en lumière un enjeu occulté sur la place publique. Quand il aborde des débats déjà partout dans la sphère publique, il m'interpelle moins. Aussi bien écouter *Tout le monde en parle* à la télé.

Michel la considéra, songeur.

Manon débarqua avec Marc, une assistante, deux techniciens et un studio mobile à dix heures trente le lendemain, dimanche. Michel l'avait appelée peu après minuit pour lui suggérer l'idée. Manon avait accepté, les deux yeux dans le même trou, en se disant que ça leur servirait de pilote. Ça n'avait pas été simple de négocier avec Radio-Canada, surtout aux aurores un dimanche, mais ça n'avait pas été la fin du monde non plus. Le projet était déjà sur les rails et Marc, en fin négociateur, aimait ces joutes qu'il savait conclure avec un précieux sentiment de victoire.

Cynthia avait accepté de se prêter au jeu sans prendre l'affaire trop au sérieux. Mais quand l'équipe débarqua, installa la console et fit les tests, l'anxiété s'empara d'elle.

— Je n'ai rien à dire, Michel. Je travaille à l'instinct.

— On a trois heures, lui rappela-t-il d'un ton rassurant.

Manon comptait laisser rouler la rencontre, autant que possible. Trois heures, c'est plus qu'il n'en faut pour faire le tour d'une question. Le choix des moments pertinents s'effectuerait au montage. Puis elle suggéra qu'on fasse un feu pour créer de l'atmosphère.

— On va capter les crépitements au son, dit le technicien.

— Ça va être chaleureux.

— Les premières minutes, oui ; ensuite, ça va taper sur les nerfs.

— Faisons une petite flambée rapide maintenant, insista Manon. On l'enregistrera en son d'ambiance.

Michel fit un feu de petit bois qui se consuma en dix minutes. Le technicien de son leva le pouce, satisfait. Il avait son échantillonnage de crépitements, de sifflements et de braises tranquilles. Manon était contente, et Cynthia, plus détendue.

— N'oublie pas de me vouvoyer, lui dit Michel juste avant de commencer.

Cynthia mit vingt minutes à être en orbite autour de ce qui constituait le soleil de sa vie. Elle avait débuté de façon décousue, cherchant ses mots, puis ça avait pris, bien qu'avec un certain fouillis. Michel avait l'impression de l'écouter parler de cuisine. Une cuisine invisible où ce que l'on crée donne de la texture à l'existence.

— La transmission de l'héritage culturel et des traditions ne va plus de soi de nos jours, disait-elle, et je ne vois pas comment on peut relayer la culture sans faire de gestes tangibles.

— Une pièce de théâtre est tangible pour vous?

— Absolument. C'est ce qui fait sa force. Ce qui se passe sur une scène se passe pour vrai.

— On vous connaissait déjà comme comédienne, mais est-ce que je me trompe en pensant qu'être interprète ne vous suffisait plus en tant qu'artiste?

— Je ne sais pas si je suis une artiste. Je suis une femme de théâtre, c'est tout. Tout s'emboîte dans le métier. Le jeu a été ma porte d'entrée vers la mise en scène, et la mise en scène m'a ouvert la création. La pratique est assez terre à terre, finalement. On joue avec l'espace, le rythme, les mots, les corps, les accessoires, les tissus, les voix, la lumière. Même les idées et les états d'esprit deviennent concrets dans une salle de répétition.

— Mon invitée, chers auditeurs, intervint Michel avec un rire dans la voix, me dit tout ça avec de grands gestes des mains, comme si elle sculptait l'air.

Cela fit rire Cynthia et elle décrocha.

— J'ai vraiment l'impression de raconter n'importe quoi.

— Il ne faut pas vous juger ni vous censurer, Cynthia, la rassura Manon. On ne diffusera rien sans votre consentement.

Mais il nous faut assez de matériel pour une émission de quatre-vingt-dix minutes, liens narratifs et musicaux compris. Allez, tout le monde, on continue.

— Si je me suis permis de décrire votre gestuelle au bénéfice des auditeurs, reprit Michel, c'est qu'elle est éloquente et expressive. Ça aide à comprendre que le théâtre puisse être *tangible* pour vous.

— En répétition, l'état de recherche est très physique. On est souvent à court de mots tellement on est surpris par ce qui prend vie, comme doivent l'être, j'imagine, les chercheurs dans leur laboratoire. On tâtonne méthodiquement, mais on tâtonne. Le seul *attendu*, c'est le travail. Le résultat, lui, doit toujours demeurer *inattendu*.

— Finalement, ce qui pousse sur scène est une sorte de *treizième blé d'Inde*.

Michel ne put s'empêcher de rigoler et de décrocher lui-même. Il était midi quarante. Manon décréta une pause. Il y eut des verres d'eau, du café, des bouchées de sandwiches, des farces plates, des tours à la salle de bain et des cigarettes au jardin. Marc rappela qu'on ne pouvait déborder du bloc de trois heures prévu au budget, ce qui laissait quarante-cinq minutes. Michel prit les mains de Cynthia dans les siennes et lui demanda comment ça allait. Elle haussa les épaules et on redémarra.

Il fut question de la spécificité du théâtre, à la fois recherche pointue et art populaire, souvent ludique. Elle évita soigneusement la confusion courante entre art populaire, issu du peuple et créé par lui, et *entertainment*, produit culturel destiné à la masse, mais fabriqué selon des normes par une entreprise qui impose son moule d'en haut. Le peuple ici consomme ce qu'on lui destine, mais il ne crée rien.

— Que la culture devienne une affaire plutôt que l'affaire de tous m'inquiète. Est-il vraiment structurant pour notre culture de tout mesurer à l'aune des résultats d'un festival, du succès-surprise de la saison, du *branding* créatif? Montréal se définit comme une métropole culturelle. Soit, je veux bien, mais encore faudrait-il savoir de quelle culture.

— La culture montréalaise, dit Michel.

— Alors là, oui, Montréal est incontestablement la métropole de la culture montréalaise.

Michel voulut revenir à ce qu'elle aimait plutôt que de s'étendre sur ce qu'elle critiquait. Il lui demanda ce qu'elle attendait du théâtre.

— Qu'il transforme mon regard à défaut de transformer le réel, qu'il le rende plus clair, plus riche. Malheureusement, ça n'arrive pas aussi souvent que je le voudrais, et plus rarement qu'on me le fait miroiter. C'est difficile, le théâtre, il ne s'agit pas seulement de *représenter* quelque chose, mais de le *faire vivre*. Et ça, c'est rare. Mais l'art est toujours une expérience rare, même dans une société d'abondance.

Elle se tut et fixa Michel, incertaine. Souriant, il lui rendit son regard et hocha la tête sans rien dire. Un léger temps flotta. Il jeta un coup d'œil vers Manon, il n'avait plus de question. Cynthia leva la main.

— Une chose est sûre : la richesse que je tire de l'art – autant de la fréquentation que de la pratique – m'a ouvert un monde très vaste et procuré des rencontres et des moments d'enchantement qui en font tout le prix.

— Le prix venant avec, j'imagine, une certaine *renonciation*.

Cynthia ne put s'empêcher de rire et Michel la laissa égrener sa joie sur les ondes en la couvant du regard.

— C'est bon de vous entendre rire comme ça, dit-il doucement. Ce qui me frappe depuis le début de notre entretien, c'est que vous me semblez à la fois heureuse et insatisfaite.

— C'est vrai. Je suis heureuse parce que la création me ramène à ma capacité de sentir. Les gens que mon travail rejoint, je sais que je les touche vraiment. J'ai au moins le sentiment d'accomplir ça. Mais je suis insatisfaite parce qu'il y a encore trop de questions que je veux approcher, cerner, explorer. Et pas assez de temps ou de moyens.

Peu après quatorze heures, l'équipe avait tout remballé et repartait sous un ciel bleu diaphane. Michel et Cynthia demeurèrent sur place sans rien dire, en proie à des impressions incertaines qu'ils n'avaient ni la force ni le goût d'investiguer. Vieille Peine, enfermée dans la chambre de Michel durant l'entrevue, réclama sa promenade, mais, une fois dehors, elle se montra peu empressée. Le froid était assez piquant et, quand ils durent s'arrêter pour attendre la chienne qui traînait derrière, Cynthia sautilla pour se réchauffer.

— Te souviens-tu, lui demanda alors Michel, de notre grosse chicane au resto?

— Dans le quartier chinois, oui. Mais je ne me risque plus dans les restaurants où il y a trop de choix sur le menu.

— Tu m'avais rendu fou.

— C'est toi qui me rendais folle! Tu ne te supportais tellement pas toi-même que tu cherchais une femme insupportable pour te compliquer l'existence.

Vieille Peine poussa Michel du museau. Elle voulait rentrer. Ils revinrent sur leurs pas. Cynthia, laissant son regard se perdre au loin, devint sérieuse.

— Si je te pose une question, Michel, tu vas me répondre franchement?

Il hocha la tête prudemment.

— Est-ce que tu m'as invitée en fin de semaine pour tester ton émission?

— Mais non, Cynthia!

— Tu es sûr?

— Absolument!

— Et as-tu pensé que je t'ai invité à ma pièce cet automne pour obtenir une couverture médiatique?

— Cynthia, arrête. Ça ne m'a jamais traversé l'esprit.

— Te revoir comme ça au Newtown, tout fier avec ta fille, m'a assez remuée. À l'époque où tu m'as laissée en me disant que j'étais trop pour toi, sais-tu ce que j'ai pensé?

— Bon débarras?

— Non. Qu'on s'était rencontrés au mauvais moment. C'est l'histoire de ma vie. Les choses m'arrivent toujours ou trop tôt, ou trop tard.

À la maison, Michel prépara du thé à la demande de Cynthia et, tandis qu'ils le buvaient, il proposa brusquement de rentrer à Montréal. Il voulait prendre la route avant la noirceur qui tombait chaque jour un peu plus tôt; le bout de chemin de terre à faire avant d'atteindre la route pavée était traître en cette saison. Cynthia ne crut guère au prétexte, mais elle ramassa ses affaires.

À mi-chemin, Michel quitta l'autoroute des Cantons-de-l'Est et emprunta une voie intermédiaire à travers la route des vins. Puis, il bifurqua en direction d'un village et s'arrêta devant un cimetière. Vieille Peine ronflait paisiblement derrière. Michel et Cynthia descendirent et tandis qu'ils parcouraient les allées, il lui raconta que ce pèlerinage était l'aboutissement d'un signe venu de sa mémoire. Ils trouvèrent la pierre tombale. Pivoine Des Ruisseaux. Décédée à un âge vénérable. Il déposa la gerbe de fleurs qu'il avait achetée à l'épicerie du village et marmonna par cœur son poème sur le doute et la fertilité.

— J'étais content quand j'ai su qu'elle a eu une belle mort.

Michel entendait par là une mort paisible et foudroyante qui vous saisit avant que votre vie perde toute qualité. Il n'avait pas vu ses parents décliner et il ne s'imaginait pas lui-même en vieillard déclinant en attendant la fin. Peu avant leur accident d'auto fatal, ses parents et lui étaient allés au rendez-vous horticole du Jardin botanique. Ils adoraient jardiner, même s'ils n'avaient qu'un petit carré de terre. Ils avaient acheté une verveine des bois et une plante indigène à fleurs roses, conique et allongée, dont Michel avait oublié le nom.

— Je suis persuadée que Mlle Pivoine est heureuse de ta visite, dit Cynthia, émue et même étrangement bouleversée.

Surpris, Michel acquiesça sans poser de questions. Cynthia devait avoir ses raisons, qui n'étaient pas de ses affaires.

À Montréal, il laissa Cynthia chez elle et rentra. Il lut les courriels de son ex et de sa fille. Simone acceptait de louer la maison de campagne à Radio-Canada *pour l'instant, mais après mon retour, on verra.* Elle demandait à Michel de négocier les questions tarifaires, car elle ne voulait pas se les taper. *Je te fais confiance.* Elle lui parla de Magdalena en termes paisibles. *On s'imagine vieillir ensemble, maintenant.*

Emma, elle, lui avait écrit une note où perçait à travers ses questionnements de jeune femme un certain déchirement. *Papa, tu penses peut-être que je me pose trop de questions, mais je n'ai pas envie d'une vie sans histoire.*

9

Dès le lundi matin, Michel monta au neuvième à Radio-Canada, où Marc avait son bureau. Celui-ci lui présenta une offre tarifaire pour la maison de campagne, à prendre ou à laisser, et qu'il n'eut d'autre choix que d'accepter. Manon les rejoignit alors et annonça à Michel qu'il y aurait un deuxième entretien dimanche prochain. Un écrivain de leur liste venait de remporter un prix prestigieux en Europe et il partait en résidence là-bas pour un an. Si on le voulait comme *treizième blé d'Inde*, c'était maintenant ou jamais.

En guise d'au revoir au Québec, l'écrivain avait jeté dans la mare un pavé inclassable autour de la figure d'Hubert Aquin, mélange de fiction, d'essai, de coup de semonce et de lettre d'amour-haine au Québec. *Trou de quiétude.*

Michel accepta, bien sûr, tout en remarquant que *Le treizième blé d'Inde* passait du théâtre au roman. Ils se trouvaient ainsi à remettre à plus tard la part rugueuse du travail qui les attendait, les questions de nature scientifique, politique, économique et académique, toutes pas mal plus corsées que le doux monde des arts.

— On commence par la récréation, je sais, dit Manon. Mais l'ordre de diffusion ne sera pas celui-là.

La semaine fila et Michel la traversa machinalement, en proie à un vague sentiment d'absurdité. Son travail ressemblait à la table des matières d'un livre inachevé. Ses journées se passaient bien, mais elles étaient sans lien entre elles, comme s'il les vivait morceau par morceau.

Le vendredi, il reçut un spécialiste du Moyen-Orient qui estimait que le printemps arabe était déjà instrumentalisé par les islamistes, et il termina son émission accablé. Depuis le temps, Michel avait bien vu que les peuples ne réagissent que lorsqu'ils sont le dos au mur, mais il refusait d'admettre que les êtres humains finissent invariablement par boire la catastrophe jusqu'à la lie avant d'ouvrir les yeux. Il avala son macchiato, passa prendre Vieille Peine et fila à la campagne.

Il s'arrêta, avant de traverser le pont, au Salon des métiers d'art et acheta quatre jolis bols pour Simone et Magdalena, et un bracelet d'argent ciselé pour Emma. De retour à la voiture dans le stationnement souterrain, une mauvaise odeur l'assaillit. Vieille Peine avait vomi sur le tapis de sol de la banquette arrière. Michel, qui supportait lui-même difficilement l'odeur lourde des stationnements intérieurs, s'empressa de sortir à l'air libre. Il frotta sommairement le tapis souillé dans la neige et le rangea dans le coffre. Il le nettoierait à fond là-bas.

Le samedi, il ne fit pas semblant de se préparer à l'entretien littéraire qui l'attendait le dimanche. Il avait épluché le dossier de recherche à Montréal et connaissait déjà l'auteur pour avoir lu et aimé quelques-uns de ses romans. Michel ne voulait pas se *surpréparer*. En outre, il se demandait si c'était une bonne idée de transporter sa caverne à la campagne la fin de semaine. Ici, c'était pour se reposer, s'occuper avec ses mains, saluer le paysage et, pourquoi pas, déconner en compagnie de sa chienne et de *vrai monde*, histoire d'effleurer un peu de cette vie qui existait, paraît-il, en dehors des médias.

Se souvenant des conseils du docteur Gladu, il se rendit à l'aréna de Coaticook où se déroulait un tournoi de hockey, catégorie trente-cinq ans et plus. Il avait vu l'affiche à l'épicerie de Mme Wiblanski. L'atmosphère tonique des patinoires réfrigérées, avec l'écho des tirs frappés, les marques de canif dans le bois, la sueur des vestiaires et les épouses dans les gradins, lui remettrait les pieds sur terre. Les chiens n'étaient probablement pas admis, mais Vieille Peine lui fit comprendre qu'il n'était pas question de la laisser seule toute la journée. Même s'il n'envisageait pas de jouer, ni même que cela fût possible, il apporta son équipement. Ses patins avaient besoin d'être aiguisés. Ses gants sentaient le moisi et le *tape* de sa palette était déchiqueté.

Il arriva juste avant le début du tournoi, vers onze heures. Vieille Peine put entrer en douce. Personne ne s'en soucia. Michel assista à deux courts matchs de trois périodes de dix minutes à sens unique. Les équipes gagnantes se mesurèrent ensuite l'une à l'autre. Ce troisième match fut beaucoup plus enlevant. Les Éclairs d'Ayer's Cliff raflèrent la mise quatre à deux contre les Observateurs de Lac-Mégantic.

Trois cinquantenaires jouaient pour les Éclairs. À les voir se réjouir et à partager leur euphorie, Michel songea aux couches de temps dont ces hommes étaient faits. «Nos joies de gamin sont des fugacités qui restent», pensa-t-il. Dans les gradins, leurs épouses célébraient la victoire avec humour et promesses de massage à l'onguent à courbatures dans la chambre à coucher. L'une d'entre elles s'était écriée d'une voix vaguement salace, quand son mari avait compté le quatrième but dans un filet désert: «Ça, c'est mon homme!»

Après cela, Michel se rendit à l'atelier de service avec ses patins. En jasant avec l'employé d'entretien qui aiguisait ses lames à la meule, il apprit qu'un match amical ouvert à tous était prévu à quinze heures trente. Il se procura du ruban bleu pour son bâton et un produit antibactérien pour ses gants.

Il traîna une heure dehors avec Vieille Peine, acheta un *cheeseburger* tout garni et une frite pour lui, et un hamburger deux boulettes sans garniture ni frites pour elle. Il retourna à l'aréna et se joignit au groupe. Il y avait autant d'hommes de son âge que de jeunes, dont deux filles d'une trentaine d'années, des cousines. La plupart des gens semblaient se connaître depuis longtemps, collègues de *shop*, voisins, parents. Michel se présenta, serra des mains, échangea des sourires. Personne ne lui demanda ce qu'il faisait dans la vie. Personne ne lui parla de sa voix.

On composa les équipes en optant pour les vieux contre les jeunes, comme ça on se reconnaîtrait plus facilement entre coéquipiers. Les cousines protestèrent, elles jouaient toujours ensemble et elles préféraient être l'une contre l'autre. Ce qui fut accepté sans peine. Il y eut cinq minutes d'échauffement. Michel était certes un peu plus lent que la plupart de ses coéquipiers, surtout à reculons, mais pas déclassé. Il serait ailier, sa position d'antan. L'arbitre rappela que c'était *pour le fun*, sans mises en échec ni rondelles soulevées. Les jeunes, épatés, promirent de réfréner leur ardeur dans les coins.

Le match commença. Vieille Peine, installée au pied des gradins, avait été adoptée par un groupe d'adolescents primesautiers. Elle se sentit électrisée dès la mise au jeu par le chuintement des lames, la vitesse et l'énergie tourbillonnante. Elle suivait la rondelle, frémissant à chacun de ses claquements sur la bande. Elle qui ne jappait presque jamais, sauf avec le facteur, le fit deux fois. La première fois quand Michel batailla avec un adversaire pour lui ravir la rondelle et tomba sur le derrière. La seconde, lors d'une attaque bien orchestrée des vieux, quand la rondelle dévia et monta accidentellement par-dessus la bande. Vieille Peine glapit d'excitation et démarra en trombe. Elle s'empara de la rondelle et se cacha derrière les gradins. On aurait pu reprendre la partie avec une autre rondelle, mais la chienne était surexcitée et distrayante. Une poursuite s'engagea. Il fallut que Michel quitte la patinoire et use de toutes ses facultés de persuasion pour qu'elle consente à ouvrir la gueule et laisse tomber sa proie. Les adolescents des gradins riaient à gorge déployée et les joueurs voulaient qu'elle devienne leur mascotte officielle. Vieille Peine avait rongé la rondelle. On voyait clairement trois bons sillons de dents. Michel la garda en souvenir et on joua avec une rondelle neuve. La bête avait son compte, elle roula sur le flanc, au bord de la crise d'angine.

À mi-chemin de la deuxième période, c'était un à zéro pour les jeunes. Michel reçut une superbe passe à la ligne bleue, en pleine montée à l'aile. Il exécuta alors ce qu'il appelait un « Guy Lafleur ». Accélérant sur réception de passe, il atteignit sa pleine vitesse en deux enjambées et frappa la rondelle d'un tir sec au ras de la glace, comme le faisait de manière si explosive le démon blond. Quelqu'un hurla dans les gradins : « Il lance et compte ! » Ses coéquipiers se jetèrent sur lui. Il eut droit à une accolade, deux tapes sur les fesses et trois gants dans les cheveux. Un à un.

Dès la remise au jeu, l'intensité ou l'orgueil gagna les jeunes. Ils comptèrent trois buts coup sur coup avant la fin de la période. Pendant la pause, Michel peina pour calmer ses poumons en feu. Il mourait de chaud et suait à grosses gouttes. Il tenta d'adopter son souffle océan, mais commença à tousser. Il but son eau à petites gorgées et alla voir Vieille Peine dans les gradins. Elle semblait tout à fait rétablie.

En troisième période, les jeunes, nettement plus frais, fignolèrent de beaux jeux pour l'amour de l'art, évitant d'être inutilement agressifs autour du filet adverse. Forts de leur avance de trois buts, ils laissèrent une chance aux vieux qui marquèrent deux buts. C'était quatre à trois. À deux minutes de la fin, le centre des jeunes voulut sceller le match. Bon porteur de rondelle, il amorça une montée magistrale en déjouant trois adversaires, escorté de ses deux ailiers. Quand celui que Michel couvrait tenta de le déborder, il pressentit que le centre allait lui faire une passe. Il se plia en deux et s'étira à bout de bras pour intercepter la rondelle. Mais ses patins sautèrent sur le bâton de son vis-à-vis et il s'étala sur la glace de tout son long. La passe, vive, dévia sur sa palette et ricocha vers lui. Il n'eut pas le temps de se protéger et ferma les yeux. Le choc fut sourd, le son mat, étouffé. Il perdit son bâton et lâcha ses gants sous l'impact. Engourdi, il ne sentait guère de douleur, mais il ne savait plus où il était. Il entendait le raclement des lames qui freinent et les voix vacillantes de ses coéquipiers. « Ça va, tout va bien, ne t'énerve pas, ce n'est rien ! » Le centre adverse, les mains sur les joues, s'approcha pour s'excuser et s'écria : « *Ayoye !* » Michel ne voyait rien, une force pesait sur ses paupières. Il se mit à quatre pattes, et le rideau de sang qui lui bouchait la vue se dégagea. Il vit ses mains rouges et poisseuses au milieu d'une flaque qui s'élargissait. De gros grains ferreux dégouttaient de son front.

Vieille Peine commença à geindre à fendre l'âme, les pattes postérieures sur la bande. Une spectatrice bondit avec des lingettes pour bébé et pressa le front de Michel. « C'est l'arcade sourcilière, dit-elle, ça fend à rien et ça saigne beaucoup, mais ce n'est pas dangereux. » Deux joueurs l'aidèrent à se redresser et il quitta la patinoire les bras pendus à leur cou, étourdi et désorienté.

Deux policiers se présentèrent. La compresse de fortune avait fait son travail et il ne saignait plus qu'à petites coulées. Tant mieux, ça leur éviterait un nettoyage de véhicule. Ils le conduisirent à la clinique d'urgence. L'infirmière de garde leur dit que ce ne serait pas long, une affaire de cinq minutes.

— On connaît ça, les cinq minutes de garde-malade, répondit un des policiers en lui faisant un clin d'œil.

L'infirmière rougit, pas trop navrée. Mais ils devaient patrouiller et ils repartirent sans attendre. On amena Michel dans une petite salle d'intervention. Une autre infirmière nettoya la plaie et posa sur son visage un tissu dans lequel était découpé un rectangle qu'elle ajusta au-dessus de son arcade sourcilière. Il eut droit à trois points de suture et à un beau pansement. Ça dura plus de cinq minutes, mais ce ne fut pas bien long. Une petite demi-heure plus tard, un patient qui venait d'obtenir son ordonnance accepta de le ramener à l'aréna où l'attendaient ses nouveaux amis et Vieille Peine, dont le regard éperdu lui parut plus insondable que jamais.

Dès le début de l'enregistrement, le lendemain, Michel constata que l'écrivain aimait beaucoup s'écouter parler. L'homme était physiquement un peu absent, comme si la maison de campagne, le jardin, le paysage où on le conviait ne comptaient pour rien. Il ne sembla même pas remarquer le bandage au-dessus de l'œil de Michel. Celui-ci eut, tout au long de l'entretien, l'impression de buter contre un être impénétrable, presque insensible à force d'être rentré. Il aurait mieux valu faire ça au fond d'un bar en ville aux frais de la reine. Il laissa parler l'écrivain et se contenta de ponctuer. Michel n'était pas là pour assiéger son invité ou forcer sa muraille.

Cela donna une entrevue unidirectionnelle. L'écrivain naviguait en solitaire sur l'océan du langage. Il était habile, c'était un professeur. Au détour d'un énoncé, on devinait parfois une petite zone vivante terrée au fond de l'homme, une part vulnérable, l'ombre d'une peine sans nom et peut-être sans objet.

Michel tenta d'aiguillonner l'écrivain sur son parcours en lui disant qu'il avait lu et aimé plusieurs de ses romans. Mais l'homme fit un geste de la main, l'air d'écarter ces ouvrages du chemin. Il les considérait comme des *antériorités* qui pouvaient certes l'attendrir, mais de façon strictement commémorative.

— *Trou de quiétude*, lut Michel à haute voix. Quel titre!

— Oui, j'ai failli l'intituler *Trou de Q*, puisque ce trou de quiétude où nous sommes enfoncés fait de nous tous des trous de cul en puissance, mais je ne voulais pas d'une charge à fond d'arrière-train, si vous me permettez le mot. *Trou de quiétude* annonce plutôt une mise en garde. Je dis au revoir à une société avec laquelle je me sens de moins en moins en phase.

— Il s'agit donc bien d'un au revoir et non d'un adieu.

— En effet. J'ai écrit *Trou de quiétude* parce que, naturellement, on ne peut pas s'empêcher d'espérer. Il est entendu que je vais revenir, et j'espère que les choses auront bougé à mon retour.

— Et de quoi vous éloignez-vous?

— De la résignation, de la grisaille. Mais je n'ai pas écrit ce livre pour joindre ma voix à la cohorte des éternels *bashers* de notre sacro-sainte médiocrité collective. *Trou de quiétude* dénonce les conditions de notre inertie collective, certes, mais il appelle aussi l'inquiétude à la rescousse. Ce que je veux dire au fond, précisa l'écrivain, c'est qu'il faut savoir être inquiet pour accomplir quelque chose.

Michel hocha la tête, méditant le propos. Que l'inquiétude puisse être un moteur d'action ou d'accomplissement lui parut intéressant. Il allait pousser la réflexion quand l'écrivain reprit la parole.

— En fin de compte, je suis un homme, c'est-à-dire que je ne suis que cela. Je n'écris pas pour me distinguer de mes concitoyens. Je veux m'amuser avec eux.

— Vous amuser? Au sens de s'amuser?

— Absolument. Je suis devenu écrivain à défaut d'être humoriste. J'ai besoin des mots pour couler au fond des choses, comme disait Hubert Aquin.

— Justement, le titre de votre livre renvoie au roman *Trou de mémoire*, du même Hubert Aquin.

— Difficile d'écrire quoi que ce soit de valable aujourd'hui sans tenir compte de la polyphonie canonique de notre littérature. Dans le monde complexe et pluraliste où nous vivons, on ne peut pas se contenter d'être une seule voix. Tout seul, je suis insignifiant et, quand je m'ennuie, je m'ennuie de nous. C'est pourquoi je n'écris plus en romancier solitaire, mais me jette plutôt dans le magma des voix inquiètes de la littérature. Nous savons depuis Aquin qu'écrire c'est se *désenfoncer*. Ce qui ne va pas sans inquiétude. C'est donc en me tirant hors de notre trou de quiétude que je peux arriver à quelque chose.

L'écrivain fit alors un bref sourire à Michel, l'air de dire: « Voilà, j'ai vidé mon sac. » La séance avait duré une heure vingt. Avait-on assez de matériel ? Au besoin, on pourrait combler par la lecture d'extraits de ses romans. Michel se gratta pensivement l'arcade sourcilière, son pansement l'irritait.

— Bon, annonça Manon, je crois qu'on a tout ce qu'il nous faut.

10

Le mercredi soir suivant à Montréal, en caressant Vieille Peine, Michel découvrit qu'elle avait une bosse entre le cou et l'omoplate gauche. Il n'avait pas senti cette bosse auparavant. Elle était pourtant de la taille d'une clémentine. « Ça ne pousse pas comme ça, du jour au lendemain », se dit-il. Assis par terre à ses côtés, il ausculta ce qu'il craignait être une tumeur. Vieille Peine ne semblait pas ressentir de douleur au toucher. Contente qu'il la flatte ainsi sur le tapis turc, elle roula sur le dos et lui offrit son ventre. Michel se demanda comment il avait pu rater ça. Il essaya de se souvenir de ses dernières caresses à la chienne. Il revit mentalement ses gestes, sa main dans le pelage, l'échine, les flancs. Il ne se passait pas un jour sans que Michel la caresse. Quand il approchait la main de sa tête, Vieille Peine tendait spontanément le museau pour le flairer ou lui donner un petit coup de langue. La bosse était peut-être là depuis des jours et Michel ne s'en était même pas aperçu.

Il s'allongea contre sa chienne. Elle se tourna vers lui, sereine et ne demandant rien, et commença à faire entendre son souffle océan. Un soudain éclair d'angoisse ouvrit de son jet viscéral une trouée en lui. Il se leva, dénicha sa bouteille de Bowmore et avala d'un trait une rasade médicinale de tourbe et de malt. Puis il appela le service d'urgence de la clinique vétérinaire.

Il emmena Vieille Peine en auto, conduisant nerveusement sur une chaussée glissante. La jeune interne décida de garder la chienne en observation. Le lendemain matin, on l'examinerait à fond. Michel dit au revoir à Vieille Peine qui à son tour lui fit un signe de la tête. Il caressa ses oreilles et rentra chez lui en roulant à travers une ville désertée. Les lumières de Noël clignotaient dans une nuit sans substance, petites bouches blanches et bleues criant pour rien dans un décor brouillé. Il ralentit et se rangea au bord du chemin pour s'essuyer les yeux. Il ne pleurait pas, il n'avait pas de sanglots ; ça coulait tout seul sans qu'il y puisse quoi que ce soit.

Chez lui, il but deux autres verres de scotch pour s'assommer et alla se coucher. À trois heures du matin, épuisé à force de poursuivre un sommeil qui le fuyait et de fuir la peur qui le talonnait, sa soupape interne se détraqua complètement. Il roula de son lit avec un sentiment d'avilissement et d'impuissance, se coucha sur le tapis turc et rampa dans les odeurs de la chienne jusqu'à son téléphone. Après plusieurs sonneries, une voix empâtée grommela :

— Hum, allo ?

— Cynthia, c'est Michel.

— Michel, répéta-t-elle dans les vapes.

Michel, incapable de prononcer un mot de plus, cherchait son souffle.

— Michel, dit Cynthia d'une voix plus nette, qu'est-ce qui se passe?

— C'est ma chienne. Je suis en train de la perdre.

Les minutes suivantes, elle tenta de le rassurer. Michel écoutait, mais n'entendait pas. Elle essaya de faire diversion tout en maintenant le contact et lui demanda quand commençaient ses vacances de Noël.

— La semaine prochaine, dit-il. J'ai encore deux jours de studio, demain et vendredi. Pourquoi?

— J'organise un *party* de Noël chez moi vendredi prochain. Pas celui-ci, l'autre après. J'allais t'inviter.

Elle lui raconta ensuite qu'elle méditait un nouveau projet qui tournait autour du corps, mais que c'était bien flou pour le moment. Michel ne comprenait toujours rien de ce qu'elle disait; les silences s'allongèrent et les mots tombèrent dedans.

— Tu es là, Michel?

— Hum.

— Tu me tiens au courant quand tu as des nouvelles du vétérinaire?

— Hum.

Michel ne s'était pas senti aussi réduit à rien depuis la mort de ses parents. Quand Cynthia l'avait invité à son *party* de Noël, il aurait voulu que ce soit là, tout de suite. S'il avait été assez consolable pour lui demander s'il pouvait venir cette nuit, elle aurait peut-être été assez indulgente pour lui répondre: « Viens-t'en. » Mais faire une telle demande aurait été abdiquer l'espérance et admettre que Vieille Peine s'en allait. Il savait bien qu'elle était vieille. Dès qu'il l'avait ramenée d'Italie, il avait su qu'il devait s'y attendre. Mais pas comme ça, pas maintenant. Il n'était pas prêt. Comme si on pouvait l'être.

Les vieux meurent souvent au seuil de l'hiver. Ils ne souhaitent pas traverser une énième vague de froid ou creuser leur sillon à travers trente centimètres de neige jusqu'à la station de métro. Vieille Peine, elle, ne connaissait pas encore le plein hiver. Elle aurait glissé maladroitement sur la rivière gelée tandis que Michel aurait patiné. Il ne ferait pas d'arbre de Noël cette année. L'arbre de Noël, c'est pour quelqu'un.

Il enfila son manteau et partit errer dans les rues pour s'épuiser. Il finit par rentrer se coucher à reculons, dos au vent.

Le lendemain matin, il convint avec le vétérinaire de la clinique de tenter l'opération l'après-midi même et alla travailler après avoir donné le numéro du studio. En fin de journée, on le rappela et l'assistante de Manon lui tendit le téléphone pendant la chronique sportive. Le vétérinaire lui dit que Vieille Peine dormait sous anesthésie et qu'elle avait les gencives blanches. Manque de globules rouges. Elle était très affaiblie. D'elle-même, elle aurait du mal à se réveiller, si elle se réveillait. Le médecin doutait maintenant de l'intérêt de l'intervention chirurgicale. Il craignait un cancer des muscles. Un agressif, virulent, qui s'attache aux os. Cela restait à vérifier, si Michel tenait à une biopsie. Cela expliquerait bien que cette bosse soit apparue si soudainement et ait crû si vite.

Michel pilota la fin de son émission avec une efficacité de robot et fila à pied à la clinique, laissant sa voiture dans le stationnement de Radio-Canada. Il se rallia aux arguments de non-intervention du vétérinaire en voyant sa chienne. Elle sommeillait paisiblement, intubée, sans souffrance, la dignité intacte. Mais exsangue. Son pelage avait perdu ses reflets de lumière romaine. Il se pencha vers elle et murmura : « Bonne nuit, Vieille Peine, bonne nuit. » Puis il se redressa et fit oui de la tête au vétérinaire.

Il déambula sans savoir où il allait, l'esprit occupé à absorber le legs de sa chienne. Il finit par aboutir chez lui avec un sentiment d'anéantissement et une soif pas possible. En se rendant dans la cuisine pour se servir à boire, il buta sur les plats de bouffe et d'eau sous le comptoir. Il les lava à l'eau chaude. Il lava aussi sa laisse et son collier qu'il avait récupérés à la clinique, et enfin sa brosse, sa couverture et les quelques menus objets qu'elle s'amusait à ronger et qui traînaient n'importe où, dont la rondelle de hockey. Quand tout fut propre et sec, il mit les objets dans une boîte qu'il rangea au fond de la penderie de l'entrée.

Il envoya un courriel en Italie. Pénible à rédiger. Il pleura même à un moment donné en écrivant sa note. Il expédia à Simone un récit plutôt laconique des événements ; elle annoncerait elle-même la nouvelle à Emma et Magdalena. Puis envoya deux autres courriels à Manon et à Cynthia, tout en leur demandant de garder cela pour elles. Il quitta de nouveau son logement et se rendit dans le jardin de la Nouvelle-France où il chercha les empreintes de Vieille Peine dans les piétinements. À la place, il entendit le son poussif d'un moteur de camion. Les ordures.

« Que je peux être idiot », se dit-il. Une colère métallique s'empara de lui. Il repartit en courant vers le condo, monta les étages à pied quatre à quatre, prit la boîte contenant les plats de bouffe et d'eau, le collier, la laisse, la brosse, la couverture et les objets mâchouillés et détala jusqu'au bout du chemin. Il lança lui-même la boîte dans la benne béante qui rugissait. Ça sentait la putréfaction là-dedans. Les éboueurs le saluèrent de la main et poursuivirent leur nécessaire tâche avec l'humour vaillant des travailleurs utiles.

Vers vingt et une heures, Cynthia téléphona.

— J'ai lu ton message, dit-elle.

Il prit une grande respiration, il n'avait rien à répondre. Elle réfléchit un instant.

— Viens, si tu veux.

Michel eut l'impression de ne traîner que des fragments de lui-même chez elle. Il marcha vite, en espérant que cela aérerait sa tête ou estomperait le contour des images qui l'assaillaient.

Cynthia prit son manteau et lui tendit une paire de pantoufles après qu'il eut enlevé ses bottes. Il la suivit dans la salle à manger où elle attrapa deux verres de cristal dans un grand vaisselier de bois blond et une bouteille de rouge.

— Veux-tu en parler, Michel, ou tu ne préfères pas ?

Il haussa les épaules. Elle ne put s'empêcher de rire. Elle s'efforça de ne pas penser qu'une telle détresse pour un chien lui semblait démesurée. Malgré tout, quelque chose de cette pensée avait dû glisser sur son visage, car Michel la dévisagea.

— Je n'y peux rien, Cynthia. Ça prend toute la place. D'habitude, à cette heure-ci, on se promène dans le Vieux, tous les deux. Elle se dandine à petits pas de danseuse, la queue en l'air, le museau au sol.

Michel continuait de la fixer du regard, comme s'il voulait quelque chose. Elle ne lui demanda pas ce qu'il espérait d'elle, de crainte qu'il réponde qu'il n'avait personne d'autre vers qui se tourner. Elle éprouva le besoin d'équilibrer la balance des peines.

— Est-ce que je t'ai parlé de mon père, Michel?

Son père souffrait d'alzheimer. Sa mère s'était épuisée à s'occuper de lui en attendant que son état se dégrade suffisamment pour qu'il soit admissible en CHSLD et qu'une place se libère, ce qui n'arrivait pas. Si bien que sa mère mourut la première. Cynthia avait pris son père chez elle pendant huit mois, jusqu'à ce qu'un accident cardio-vasculaire l'envoie à l'hôpital. Dès lors, il n'avait plus été question qu'il retourne chez elle. Cynthia allait le voir à l'étage gériatrique de l'hôpital tous les trois jours. Elle le nourrissait à la petite cuiller. Deux mois plus tard, une place s'était enfin libérée au centre d'hébergement.

— Il est toujours là-bas, à quatre-vingt-sept ans. Je vais le voir tous les lundis après-midi. Il me reconnaît encore parfois et ça le dérange, je crois, parce que ça le retient. Lundi prochain, je compte lui dire que je suis prête, s'il veut se laisser aller.

— *La Renonciation...*

— Eh oui. Le pire, c'est qu'en répétition je n'y ai même pas pensé.

Cynthia lui raconta quelques moments de sa vie de famille, éclairant un pan de son passé dont il ignorait tout. Il ne l'avait jamais questionnée à ce sujet. Il ne savait pas quoi faire avec les histoires de famille. Ils achevèrent la bouteille de vin.

— Michel, je ne tiens plus debout, mais je serais plus tranquille si tu dormais ici.

Elle le guida jusqu'à un petit salon à l'avant, déplia le canapé-lit et l'aida avec la literie. Il y avait une télévision, une chaîne stéréo et des livres partout. Il pourrait toujours lire, écouter de la musique ou regarder la télé si le sommeil ne venait pas. Elle lui montra comment la télécommande fonctionnait et zappa à quelques reprises pour voir s'il y avait quelque chose. Mais il n'y avait rien.

Elle le serra dans ses bras et regagna sa chambre. Michel écouta son pas s'éloigner. Ses pantoufles glissaient sur le plancher avec un bruit de serpillère. Il l'entendit bâiller à se décrocher la mâchoire.

Le lendemain matin, Vieille Peine bondit à ses côtés, éclatante de joie, réclamant sa promenade. Il ouvrit les yeux et mit un instant à dissiper l'hallucination et à comprendre où il était. Il se rendit à la cuisine. Il y avait un bol de clémentines sur le comptoir. Il en éplucha une, sépara les quartiers et les mastiqua un à un, méticuleusement. Cynthia se leva à son tour, laçant une robe de chambre d'une laideur presque comique. Ils avalèrent du café et des bagels, puis il partit en la remerciant chaleureusement. Il passa chez lui avant d'aller à Radio-Canada pour faire sa toilette et se changer, et prendre la pleine mesure de l'absence de sa chienne.

11

À Radio-Canada, l'atmosphère était dissipée. C'était le dernier vendredi de l'équipe habituelle avant les vacances. On en avait besoin. La frénésie de la guignolée des médias du début décembre avait essoufflé tout le monde. Michel était particulièrement fier de l'argent amassé pour le docteur Julien, le héros d'Emma, qu'il avait reçu cette semaine en entrevue.

Lors d'une pause, Manon évoqua le prochain *blé d'Inde*. Michel serait-il d'attaque ce dimanche? Ce serait bien de boucler une troisième émission avant les fêtes. Trois possibilités s'offraient cette fois-ci. Un économiste avait écrit: *Travail et capitalisme*; un politicologue: *Ni-ni ou l'implosion démocratique*; et un historien des religions: *Souffrance de vivre et angoisse de mourir*, avec en sous-titre *Les religions contre la foi*.

— *Travail et capitalisme*, je ne pense pas. Il faudrait que je relise son essai à fond et que je me mette à jour. Je n'ai pas trop la tête à ça en ce moment. *Ni-ni ou l'implosion démocratique* non plus ; le Québec est déjà assez dans le ni-ni comme ça. Par contre, si ton historien des religions est capable de m'expliquer pourquoi ma Vieille Peine n'aurait pas droit au paradis, alors je veux bien.

— À dimanche, donc. C'est Stéphanie qui fait ta recherche là-dessus. Tu vas trouver son dossier dans ta boîte de courriel ce soir. Michel, ajouta-t-elle en baissant le ton, je n'ai rien dit. Sauf à Marc, bien sûr, mais on n'en parlera pas.

— Merci.

Michel but son macchiato même s'il n'avait pas l'intention de prendre la route pour se retrouver seul à la campagne. Il passa son samedi à Montréal à se préparer, moitié chez lui, moitié chez Olive et Gourmando. Surligneur en main, il lut avec plus d'intérêt qu'il ne s'y attendait *Souffrance de vivre et angoisse de mourir*.

Il fila tôt le dimanche matin, s'arrêta chez Mme Wiblanski, acheta une douzaine de croissants qu'elle faisait venir d'Owl's Bread, ouvrit la maison et fit un peu de ménage avant l'arrivée du studio mobile. L'odeur de sapin lui manquait. L'arbre de Noël aurait déjà dû être dans l'encoignure du salon. Il fit un petit feu résineux et se prépara un café qu'il but tranquillement en regardant sans le voir son jardin blanc. La neige commençait à s'accumuler. Son café répandait une odeur réconfortante. Il en prépara pour toute l'équipe, remplissant deux thermos, et disposa les croissants sur une grande assiette. Il était dix heures quarante. Ils seraient là d'une seconde à l'autre.

Dès qu'il entendit le véhicule, il sortit les accueillir. Il s'attendait à voir un vieux théologien habillé en brun, et c'est un trentenaire d'allure sportive dont émanait une forte sexualité qui débarqua avec l'équipe. Avant d'entrer, l'homme jeta un coup d'œil à la ronde, impressionné. «C'est beau, chez vous.» Michel le trouva aussitôt sympathique et lui répondit avec un pincement au cœur qu'il ne s'en lassait pas. Vingt minutes plus tard, ils commençaient.

— Dès votre introduction, vous écrivez : *Si Dieu nous a donné la foi, le diable nous a donné les religions.*

— Oui, la formule fait son effet et elle demande une explication. Si on veut qu'une spiritualité digne de ce nom survive, il faudra choisir entre la foi et les religions. J'ai choisi la foi parce qu'elle est liée à l'humain depuis la préhistoire.

— Difficile d'imaginer la foi sans la religion.

— Pourtant, on n'a pas besoin de Dieu pour avoir la foi. D'ailleurs, historiquement, la foi précède les religions.

Michel inclina la tête d'un air étonné.

— Ah bon ?

— Au départ, mon intention était de retracer l'histoire des religions d'un point de vue démocratique. Mais en sondant la question de l'âme, l'idée de cette lutte constante des religions contre la foi intime m'est apparue.

— Vous mettez d'ailleurs tout un chapitre à définir la foi avec mille précautions.

— On est chercheur ou on ne l'est pas. Mais, en un mot, disons que la foi est un composé de trois sens humains : le sens du sacré, le sens de la célébration et le sens de l'espérance.

Michel songea aussitôt aux yeux de Vieille Peine, à son regard insondable.

— La foi ferait donc partie de nous au même titre que nos autres sens, peu importe nos croyances ou nos incroyances?

— Les neurologues cherchent activement le siège de la foi dans le cerveau. Est-ce inné? Est-ce que ça s'est manifesté à la place de l'instinct quand le cerveau humain a pris du volume? Ça reste à voir, mais tout être humain est façonné de telle sorte qu'il tient quelque chose pour sacré, qu'il le célèbre et qu'il s'en fait une espérance. L'objet de sa foi peut s'appeler «Dieu», mais peut aussi s'appeler «amour», «justice» ou «liberté».

— Alors on peut également supposer que les animaux ont la foi.

— Mais certainement! La foi appartient à l'âme, le domaine du vivant invisible. Pourquoi en aurions-nous l'exclusivité? Dans certaines tribus aborigènes, on attribue même une conscience aux arbres. Il m'arrive de penser que les animaux et les arbres n'ont jamais été chassés de l'Éden, eux.

— J'ai l'impression que l'historien des religions est en conflit avec le théologien en vous. Est-ce que je me trompe?

— Mon parcours m'a fait bifurquer. Après ma maîtrise en théologie, je me suis intéressé au frère Marie-Victorin en vue de mon doctorat. J'ai été ébloui par l'assise scientifique et historique de sa quête spirituelle. Chez lui, la foi ne cherche pas à *faire croire*, elle se contente de croître comme un désir de l'âme que la nature réfléchit. C'est un être colossal, un homme des Lumières au temps de la grande noirceur. On n'écrit pas *La Flore laurentienne* et on ne fonde pas le Jardin botanique si on n'a pas la foi.

Michel, qui croyait certainement à l'histoire, hésita un instant avant de poser sa prochaine question. Le vent balayait le jardin par rafales, faisant grincer les fenêtres.

— Croyez-vous en Dieu ? demanda-t-il enfin avec délicatesse.

— Je vous dirai, répondit l'autre tout aussi délicatement, que je suis un homme de foi et que Dieu est un concept. Ça vous va ?

Michel hocha la tête.

— Comme chercheur, reprit l'historien, je n'ai pas eu le choix de reconnaître que ma conception de Dieu était justement une conception, résultat d'une élaboration historique. L'erreur fondamentale des religions est de ne pas voir que le refus des remises en question équivaut au refus de la foi. Et de la discussion démocratique, il va sans dire. À travers les symbolisations successives du divin, les mystiques sont dans une quête constante d'expression de foi libérée des conceptions de Dieu figées de leur époque.

Une soudaine bourrasque provoqua un craquement dehors, et une grosse motte de neige retenue au bord du toit en pente s'effondra devant les fenêtres de la cuisine. L'historien se leva d'un bond pour voir, épaté. Manon fit signe au technicien de son de couper. Michel rejoignit son invité et s'assura que la neige n'avait pas fait de dégâts. Il désigna la rivière qu'on ne pouvait voir d'ici à cause de la butte et de la dénivellation, mais qu'on devinait en raison d'un effet de vapeur au-dessus de la glace.

— Qui sait si l'effet de vapeur sur la glace, murmura Michel à son propre étonnement, n'est pas l'expression de l'âme de la rivière ?

— Qui sait ? acquiesça l'historien. La nature met à notre disposition tout ce qu'il faut pour éveiller notre sens du sacré. Chaque fois que les religions s'interposent entre la nature et notre regard, elles nous coupent de ça.

On reprit. Stéphanie assistait, éberluée, à cette session de travail où les procédures habituelles ne tenaient plus, et dont personne ne se formalisait. L'invité était tout à la fois concentré sur son sujet et capable d'observer le paysage. Elle ne put retenir un soupir d'enthousiasme que les micros captèrent. Michel la présenta.

— Stéphanie est notre recherchiste. Une fille formidable et une vraie chercheuse.

— Enchanté, Stéphanie, dit l'historien en lui tendant une main qu'elle saisit nerveusement du bout des doigts.

Manon fit signe que ça roulait. Michel hocha la tête.

— Je comprends mieux le sous-titre de votre ouvrage, *Les religions contre la foi*, mais parlons de son titre : *Souffrance de vivre et angoisse de mourir*.

— Devant une tempête de neige, l'immensité de l'océan ou l'horizon vu du sommet d'une montagne, la source intime de notre foi jaillit spontanément. Rudolf Otto, un théologien du début du XXe siècle, définit le sens du sacré comme une combinaison d'effroi et d'émerveillement devant le monde. La nature déchaînée pour l'effroi, la nature apaisée pour l'émerveillement. Mais la nature n'a pas besoin de notre souffrance et de nos angoisses pour être liée à nous, au contraire des religions qui insistent constamment sur nos misères et sur nos peurs. Les dieux naissent et s'exaltent dans des contextes houleux qui permettent de les représenter comme des bouées de sauvetage. Puis, dès que les sociétés arrivent à un équilibre de vie sereine, les autorités religieuses commencent à prescrire des privations et à bassiner les plus fragiles avec des sermons rappelant sans cesse la douleur et la mort.

— Vous êtes en colère.

— Un jour, vous savez, on se demande : « Ai-je prise sur le monde ? » On a alors le choix entre contempler son questionnement ou déboucher sur l'action. J'ai opté pour l'action tout en éclairant mes raisons par la rédaction.

— Vous vous battez contre quoi, pour quoi et avec quoi ?

— Je me bats contre la confusion, pour la clarté, et enfin avec une question difficile mille fois posée dans l'histoire : pourquoi sommes-nous si incapables de concevoir un dieu qui nous aimerait libres ?

Michel considéra son invité sans mot dire. Manon chuchota à Stéphanie.

— As-tu ton résumé avec toi ?

Celle-ci montra sa clé USB.

— Très bien, dit Manon, puis elle se pencha vers l'historien : votre idée d'un dieu qui nous aimerait libres est très concluante, mais on a besoin de la situer dans le récit historique que vous en faites.

— Je veux bien, mais c'est le tiers de mon livre. Ça va être long.

— J'avais demandé un résumé à Stéphanie.

— Ah, parfait, dit alors l'historien, ce sera très bien qu'une voix féminine raconte cette histoire.

La jeune femme sursauta et rougit violemment. Michel, tout aussi surpris, sourit.

— Stéphanie, ça te tente d'être notre *Treizième blé d'Inde* du jour ?

— Tu as une belle voix, une bonne élocution, dit Manon. Pourquoi pas ? On fera des inserts plus tard si tu bafouilles.

Marc décréta une courte pause et chuchota à Stéphanie qu'il ajusterait son contrat en conséquence. Les uns et les autres allèrent fumer dehors, boire un café, mâcher un croissant ou jouir du paysage.

Stéphanie, cependant, brancha sa clé USB dans le portable de Michel et relut son résumé. Penché sur son épaule, Michel lui suggéra de surligner tel ou tel passage en vert, jaune ou rouge selon le code de couleurs de la circulation automobile. « Ça va t'aider à trouver ta vitesse de croisière », lui dit-il. Après la pause, Stéphanie prit place à côté de l'historien, face à Michel. Manon voulait qu'elle lui raconte ça, à lui, ce qui l'aiderait à oublier le micro.

— *La première manifestation de spiritualité, ce sont les funérailles. On trouve dans des tombes des armes de chasse, des objets domestiques qui accompagnent le voyage du défunt. On a découvert en Israël des tombes vieilles de cent mille ans. Les morts sont en position fœtale, comme s'ils retournaient à la matrice originelle, où l'éternité d'après la mort rejoint l'éternité d'avant la naissance. Le nomade préhistorique connaît bien la part visible de la nature, mais il sent tout aussi bien sa part invisible. C'est cette part invisible qui allume sa foi.*

L'historien se tourna vers elle avec un grand sourire. Stéphanie poursuivit.

— *Les rites communautaires arrivent beaucoup plus tard, avec la socialisation. On célèbre les dons de la nature. Il n'y a ni néant ni au-delà encore. C'est seulement il y a douze mille ans, quand apparaît la conscience de notre destin individuel, qu'on développe l'idée d'un au-delà. Et cette conscience de notre destin individuel engendre l'angoisse, l'idée du néant et la question du sens de la vie. Les individus se tournent alors anxieusement vers les anciens et les sages capables d'interpréter les signes. C'est le chamanisme. Le mot* chamane *est originaire de Sibérie et signifie* danser, bondir. *En dansant et en bondissant, ils entraient en transe et faisaient le pont entre les mondes visible et invisible.*

Michel s'adressa à l'historien :

— Vous écrivez que c'est dans les grottes des chamanes qu'on a découvert les peintures rupestres. L'art est lié au chamanisme ?

— Le chamane, répondit l'autre, accède à l'invisible par la transe. La force qui s'empare de lui le dépasse. Il a donc besoin de l'artiste pour témoigner et représenter cet invisible. En peignant l'animal, l'artiste le capture symboliquement. L'idée que l'art est une captation de l'âme est née.

— L'art précède donc la religion ?

— De quelques millénaires, oui, dit l'historien en souriant.

— *La religion comme telle*, reprit Stéphanie, *se développe il y a dix mille ans, à la fin de l'ère glaciaire. Le climat devient propice à l'agriculture. On quitte les grottes, on construit des huttes, puis des villages, et enfin des cités. L'origine du mot « divin » signifie « lumière, ce qui brille ». La divinité germe au grand air, sous le soleil. L'être humain se sédentarise et découvre qu'il ne dépend plus des seuls dons de la nature. Il peut la maîtriser, cultiver ses fruits, domestiquer les bêtes. Mais cette maîtrise n'est rien sans la fertilité. Pour qui dépend des récoltes, la fertilité de la nature est sacrée. La déesse-mère – symbole de fertilité – apparaît sept mille ans avant notre ère.*

— Le principe premier du divin serait la féminité, dit Michel de sa voix la plus séduisante.

— J'aime assez ça ! dit Stéphanie avec un grand sourire.

— Dans l'iconographie, c'est évident, ajouta l'historien. Mais la déesse-mère est souvent représentée en compagnie d'un taureau, qui arbore les forces mâles, et son culte cohabite avec le culte des ancêtres et des esprits. Le concept de divinité reproduit la cellule familiale. On appelle ça « l'hénothéisme ».

— *La masculinisation des dieux coïncide avec la hiérarchisation sociale*, enchaîna Stéphanie. *Les tribus deviennent des peuples et se donnent des rois qui conquièrent des empires : Mésopotamie, Chine, Égypte. Les chefs de guerre conçoivent le divin à leur image – un conquérant doublé d'un politique. L'idée du dieu autoritaire s'impose dans les cités par l'écriture, trois mille ans avant Jésus-Christ. Les chamanes sont délogés par les scribes et les prêtres. Les prêtresses sont vues comme des rivales et sont de plus en plus marginalisées ou cantonnées dans un rôle de vestale, de servante. Les prêtres et les scribes étant des mâles, les textes se masculinisent.*

— Il y a encore des déesses dans le polythéisme, précisa l'historien. Les empires intègrent une pléthore de divinités liées aux communautés conquises. Des luttes de pouvoir naissent entre tout un tas de dieux et de déesses, et on va imaginer un roi des dieux, un chef tout-puissant et souvent tyrannique qui met de l'ordre dans le chaos. Comme Zeus, en Grèce, à qui tous les autres dieux se soumettent. Les humains reproduisent à leur tour cette soumission par des rites de sacrifice. Le sacrifice, d'abord animal, puis humain, transforme la foi en obéissance.

Stéphanie hocha la tête et prit le relais.

— *L'obéissance aveugle comme gage de foi évoque tout de suite Abraham, le père prêt à sacrifier son fils, dont l'ange arrête le bras et le couteau à la dernière seconde en s'écriant : « Qu'est-ce que tu fais là, pauvre imbécile ? »*

Michel fit la moue en se demandant si Stéphanie ne s'amusait pas un peu trop.

— Je doute que l'ange Gabriel ait dit ça exactement comme ça, lança-t-il.

— Il faudrait parler l'araméen ou la langue de Zoroastre à Babylone pour citer Abraham dans le texte, précisa l'historien.

— *Enfin,* reprit Stéphanie, *la soumission aveugle favorise le monothéisme qui devient la norme en Mésopotamie et en Israël. Mille ans avant notre ère, les religions font miroiter à l'individu un salut éternel conditionnel à sa crainte de la colère divine – par des sacrifices qui ritualisent la souffrance de vivre et l'angoisse de mourir. Dès lors, nous logeons la présence du divin là où loge notre angoisse, en nous. Le monothéisme intellectualise l'expérience sensible pour résoudre un paradoxe : le dieu transcendant au-delà de nous n'est détecté que par l'âme, à l'intérieur de nous. Cette fusion du*

transcendant et de l'intériorité humaine s'incarne mille ans
plus tard dans la figure du Christ, celui qui est à la fois
humain et divin.

Stéphanie se renversa contre le dossier du sofa et prit une grande gorgée d'eau. Manon demanda qu'on coupe le son, et Marc, qui faisait les cent pas, adressa un signe à Michel.

— On est là depuis deux heures quarante, lui chuchota-t-il. Dans vingt minutes, on perd notre monde.

Michel regagna sa place et demanda à son invité s'il désirait ajouter quelque chose avant de terminer.

— Après Jésus, dit l'historien, les doctrines mono-théistes ne feront que se dissocier de plus en plus de la foi de l'âme. La grande confiscation d'une part inaliénable de notre humanité est en marche.

— Revoici votre colère. Pourtant, vous pourriez agir comme la plupart des gens et vous en foutre.

— Pouvez-vous regarder quelqu'un se faire dépouiller de son âme par des pouvoirs et vous en foutre, vous ? La science nous permet de concevoir l'Univers comme une entité éternelle et infinie, née d'un chaos en continuelle métamorphose. Avant le Big Bang, il y avait quelque chose, une masse, une densité. Ce n'était pas le néant. L'argument de nombreux religieux, pour qui si tu ne crois pas en Dieu, tu ne crois en rien, est inadmissible. Il n'y a pas de néant. Il y a toujours quelque chose. Si Dieu nous a donné notre per-sévérance spirituelle et notre sens du sacré, de la célébration et de l'espérance, le diable, lui, a inventé la religion, avec ses dogmes, sa séduction, son obsession sexuelle, ses prescrip-tions et son néant. Un lieu commun veut qu'au Québec on ait jeté le bébé avec l'eau du bain. Mais la Révolution tranquille nous a éloignés du néant, nous a permis de séparer le bon grain de l'ivraie, et de distinguer ce qui appartient à César de ce qui revient à Dieu. Je pense sincèrement que nous avons accès à une vie spirituelle plus riche et plus épanouissante aujourd'hui qu'il y a soixante ans, pour peu qu'on le désire.

Après le départ de tous, Michel se planta devant ses fenêtres. Une fine poudrerie dansait au-dessus du champ. «Mon dernier hiver ici», songea-t-il. Où logerait l'an prochain l'âme de sa chienne qu'il devinait dans chaque recoin de la maison? Il se crut un instant observé par ses grands yeux pleins d'espérance. Il sentit même le duvet de ses oreilles effleurer le bout de ses doigts.

Que vaudrait le paradis si Vieille Peine restait à la grille? Qui voudrait d'un au-delà sans animaux? Qui même songerait à créer une félicité aussi stérile? Les aubépines, dans ce ciel sans oiseaux, mugiraient après leurs nichées envolées. Michel sortit et piqua en direction de la rivière. Une idée ou un geste surgirait bien. Quelque chose de fertile. Il devait parfois bondir à cause des creux et bosses du champ plein de neige. Il arriva à la rivière et attendit que le soleil commence à descendre. Sans qu'il y pense et presque malgré lui, un murmure lui échappa. «Vieille Peine, Vieille Peine.» Le nom s'éleva dans l'air, filant sur son souffle comme un éclat de couleur lancé au crépuscule.

Plus tard, de retour au chaud, il s'empressa d'écrire à Manon.

L'aspect historique des entrevues est ce qui m'apporte le plus jusqu'à présent. L'histoire est le véritable treizième blé d'Inde, le petit cadeau gratuit de la transmission. *Si je peux léguer à mon auditeur un peu de ce don de rendre le monde intelligible, j'aurai l'esprit en paix.*

Michel

À peine venait-il d'expédier ce courriel qu'il en reçut un de sa fille, qui le fit sourciller. Il était seize heures trente ici, soit vingt-deux heures trente là-bas. *J'aurais voulu être avec toi, papa, quand Vieille Peine est morte. Je suis triste de te savoir seul. Aimerais-tu que je rentre pour Noël?*

Il relut le message, tenta d'y déceler un sens caché, inspectant chaque terme comme un tiroir à double fond. Sa fille souhaitait-elle revenir et cherchait-elle un prétexte? Y avait-il des difficultés nouvelles avec sa mère et Magdalena? Que se passait-il donc?

Emma, ma grande, répondit-il, alerté, *pourquoi rentrerais-tu? Si c'est pour moi, ne t'inquiète pas, je vais comme je dois. Je suis un peu triste et seul, bien sûr, mais c'est une joie pour moi d'imaginer que tu t'épanouis là-bas et que tu façonnes ton avenir. Es-tu heureuse? Fais-tu des découvertes? Ton projet-surprise de faire la côte amalfitaine avec ta mère et ta «belle-mère» pendant les fêtes tient-il toujours?*

Papa

P.-S. – Je vous ai posté un colis pour Noël. J'espère que vous le recevrez à temps.

Il envoya son mot et, en attendant une réponse, fit du rangement en grignotant machinalement un reste de croissant. Le silence numérique s'étira. «Emma est allée se coucher, se dit-il, elle t'écrira à son réveil. » Toutefois, il ne put s'empêcher de s'approcher de nouveau de son ordinateur et tomba en arrêt devant son écran vide.

Que ferait-il cette semaine puisqu'il ne travaillait pas ? Il y avait bien la fête chez Cynthia vendredi prochain, mais d'ici là ? Il se rendit compte qu'il n'avait pas répondu officiellement à son invitation. Il lui écrivit une brève note.

Bonjour, Cynthia, un petit mot pour te dire que je serai à ta soirée vendredi. Je ne me souviens pas de te l'avoir confirmé verbalement.

Elle lui répondit presque immédiatement.

Salut, Michel, bien contente. En passant, qu'est-ce que tu fais en ce moment ?

Il répondit : *Je suis à la campagne, on a terminé une entrevue. Je suis un peu à plat. Je ne sais pas si je reste ou si je rentre.*

Elle : *Reste ! Montréal est à fuir : vent, verglas, et cetera.*

Lui : *Dans ce cas, pourquoi ne viendrais-tu pas ici ?*

Elle : *Au cas où tu n'aurais pas remarqué, je n'ai pas de bagnole.*

Lui : *Au cas où tu n'aurais pas remarqué, moi, j'en ai une. Je passe te prendre dans cent minutes. Sois prête.*

Elle : *Voyons, Michel, ça n'a pas d'allure !*

Il ne répondit pas. Il était déjà parti.

12

À vingt et une heures sept ce même dimanche, Cynthia et Michel étaient de retour. Une blanquette de veau réchauffait (encore les plats sous vide) et ils buvaient du vin. Elle était animée, joueuse, portée par le sentiment d'une escapade un peu folle, surtout qu'ils devaient rentrer à Montréal le lendemain matin pour que Cynthia respecte ses engagements. La soirée fut douce. Michel était présent et ne demandait rien. Une fois couchée dans la chambre d'Emma, cependant, Cynthia eut envie qu'il lui demande quelque chose. Après avoir lu trois fois la même page du roman qui était censé l'aider à s'endormir, elle se leva et se dirigea vers la chambre de Michel. De la lumière filtrait sous sa porte. Elle frappa doucement.

— Hum ?

— Dors-tu ?

— Je ne sais pas. Entre.

Un essai politique était renversé sur son torse : *Ni-ni ou l'implosion démocratique.* Les poils de sa poitrine étaient gris. Au temps de leur aventure, il était à peine poilu. Elle prit conscience, avec une soudaine gêne, de sa propre nudité sous sa robe de nuit. Il pouvait voir que la peau de sa gorge se plissait et deviner que ses seins commençaient à regarder par terre. Néanmoins, elle vint s'asseoir au pied du lit.

— Je suis qui pour toi, Michel?

Il leva les sourcils, rangea son livre sur la table de nuit.

— Une femme dont je me sens proche et que j'ai l'impression de connaître.

— Tu as *l'impression* de me connaître?

— J'ai aussi *l'impression* que tu me connais.

— Je vis seule depuis des années. Je n'ai pas fait l'amour depuis au moins dix-huit mois. Ce qui, j'imagine, n'est pas ton cas.

Michel sourit.

— Pourquoi tu ne me dis pas tout simplement ce que tu veux?

— Parce que je ne suis pas certaine de ce que je veux. Je suis bien avec toi, mais je ne suis plus celle que tu as connue.

Michel la regarda un instant sans un mot, puis il allongea le bras vers la lampe de lecture au-dessus de son lit et fit le noir. Il entendit bientôt le tissu de la robe de nuit se froisser. Cynthia s'allongea contre lui, la peau toute fraîche.

À quatre heures du matin, Michel crut entendre Vieille Peine. Il se redressa et scruta l'obscurité. Réveillée, Cynthia s'assit lentement en se tournant vers lui.

— Curieux comme la voix reste, dit-il. J'étais sûr qu'elle était ici. Je l'entendais faire son souffle océan. Un matin cette semaine, en ouvrant un pot de beurre d'arachide, j'ai entendu son geignement de faim. À d'autres moments, c'est le chuintement qui veut une caresse ou celui qui demande la promenade. J'attends le facteur comme on attend une bonne nouvelle et, quand je sors mon lavage de la sécheuse, je réfléchis tout haut sur la dialectique des chaussettes orphelines, comme si elle était encore là pour réagir à mes niaiseries. J'étais même content hier matin d'avoir une raison d'aller acheter des croissants et de parler de Vieille Peine à Mme Wiblanski. Je me dis que ce n'est pas grave de perdre ceux qu'on aime, ou de les savoir au loin, du moment qu'on continue d'aimer ce qu'ils ont déposé en nous. C'est ça, ma vie, Cynthia. Quand je regarde mon CV, je vois que je n'ai pas arrêté, que j'ai fait trois millions de choses. Mais quand je sonde mon cœur, j'ai le sentiment qu'il ne m'est presque rien arrivé. Seules quelques personnes comptent, quelques-unes encore et toujours. Toi comprise.

Cynthia lui embrassa la joue dans le noir. Michel étendit son bras et se rallongea sur le dos. Elle appuya sa tête sur son épaule et replia sa cuisse sur lui. Michel commença à respirer plus amplement et à émettre un drôle de son avec son nez et sa gorge. Elle demeura sans bouger un instant, en se demandant quoi faire ou ne pas faire. Elle tentait toujours de résoudre la question quand le sommeil la surprit.

Le lendemain matin, la nuit semblait s'être effacée de leur esprit. Ils rentrèrent rapidement à Montréal. Cynthia devait voir son père au centre d'hébergement. Dans la voiture, ils écoutèrent une suite pour violoncelle seul de Bach. Ce n'est qu'après la dernière note que Michel lui demanda soudain :

— Veux-tu bien me dire comment ça se fait qu'on n'a pas baisé cette nuit ?

— Le séducteur en toi est inquiet ?

— Aurais-tu voulu que j'essaie de te séduire ?

— Michel, je suis une femme de théâtre ; j'ai une certaine expertise en matière de justesse. Je le vois tout de suite quand quelqu'un en fait trop.

Ils aperçurent le pont Champlain, et la circulation ralentit beaucoup. Cynthia devint énervée, craignant d'arriver en retard au chevet de son père et de briser une routine qu'elle jugeait essentielle. Il résidait au Centre Gériatrique Maimonides dans Côte-Saint-Luc, ni plus ni moins que le bout du monde dans l'esprit de Michel, mais il avait tout son temps et offrit de l'y conduire. Elle refusa d'abord, puis céda, mais à condition qu'il reparte aussitôt. Elle ne voulait pas qu'il l'accompagne au CHSLD ni qu'il l'attende pour la ramener. Michel la déposa deux minutes avant l'heure prévue au centre gériatrique. Notant qu'ils étaient seuls dans le stationnement, Cynthia l'embrassa doucement une première fois avec un air de gamine, puis une seconde fois plus sérieusement.

— Merci. À vendredi.

Michel comprit que cet *à vendredi* signifiait qu'il ne la verrait pas d'ici là.

Dès qu'il fut de retour chez lui, il alluma son ordinateur. Toujours pas de réponse d'Emma. Il s'installa avec *Ni-ni ou l'implosion démocratique*, termina un chapitre, commença le suivant, somnola, revint à lui, finit le nouveau chapitre, ferma les yeux et se réveilla une heure plus tard, le corps lourd.

Le mercredi, il reçut enfin une longue et tortueuse missive de sa fille qui ne se sentait pas bien là-bas et ne demandait pas mieux que de rentrer. Tout avait été merveilleux au début, mais, depuis, elle avait l'impression d'être dans les jambes de Simone et de Magdalena. *On dirait que je ne suis plus l'enfant de maman.*

Michel ne savait que penser. Emma était majeure et capable de prendre ses décisions, mais il souhaitait d'abord communiquer avec Simone. Il comprenait entre les lignes que son ex n'était pas au courant de la démarche de leur fille. Il lui écrivit donc d'un ton posé, en faisant abstraction de ses propres alarmes.

Simone le remercia presque aussitôt de la mettre dans le coup et confirma que ça ne fonctionnait plus du tout. La communication s'était compliquée depuis qu'Emma avait rompu avec son jeune coq italien à problèmes. Les amies qu'elle s'était faites sur place étaient toutes aux études. Elle était désœuvrée et, au lieu de profiter du pays, elle stationnait à la villa et se plaignait constamment d'être fatiguée. *Le jour, elle demande beaucoup d'attention, comme une adolescente mal dans sa peau. Il faut qu'elle renoue avec ses affaires, son quotidien, ses amis de Montréal, ses activités. C'est du moins ce que Magdalena et moi pensons. Mais il se pourrait bien qu'après les fêtes à Montréal elle se sente autant dans tes jambes que dans les nôtres et qu'au moindre signe de contrariété de ta part elle se dise : « Ça y est, je dérange. »*

Michel écrivit aussitôt à Emma.

Tu es libre de ta décision, Emma. Va selon ton désir. Si tu veux rentrer, tu es la bienvenue. Sache que, ta mère et moi, on ne te laissera jamais tomber. Tu es notre fille et notre joie. On veut ce que tu veux. Mais on veut surtout que tu le veuilles vraiment. Alors réfléchis bien à ta décision, car on n'y reviendra plus.

Le jeudi soir, alors qu'il allait se mettre au lit, elle lui annonça son arrivée ce dimanche. Atterrissage prévu à quatorze heures vingt.

Michel passa le vendredi à faire du ménage. Il installa les œuvres d'art encore emballées, remplit le frigo de plats sous vide, mais également d'une base permettant de faire la popote si l'envie les prenait, et s'assura que tout était en ordre dans la chambre d'Emma. Il sortit acheter une très jolie lampe de travail pour remplacer celle qui bringuebalait. Il se procura aussi deux bouteilles de champagne et du saumon mariné pour la fête de Cynthia.

Une petite neige tranquille flottait dans l'air et il n'y avait presque pas de vent. Sur Jeanne-Mance, il aperçut Réjean qui longeait le Musée d'art contemporain, hagard. Surpris de le trouver là, il s'approcha.

Le garçon grelottait, les boutons de son manteau étaient arrachés et une vilaine plaie noircie lui barrait la joue jusque sous l'oreille. Le jeune homme raconta qu'il s'était égaré hors de son secteur. Quelqu'un n'avait pas aimé ça. Michel soupçonnait un coup de bouteille. Il avait en outre l'impression que Réjean n'avait pas pris ses médicaments, ou bien qu'il avait ingéré autre chose qu'il n'aurait pas dû prendre. Michel l'entraîna doucement par le bras et l'accompagna jusqu'à l'urgence de l'Hôpital Saint-Luc. Là, il lui trouva un jus de pomme et un muffin, et lui donna dix dollars.

— Je ne peux pas faire mieux, Réjean. Il faut que tu ailles chercher l'aide là où elle est. La vraie aide. Moi, j'ai seulement un peu de sympathie à t'offrir. Je me demande même si je ne t'ai pas encouragé à rester dans la rue à coups de deux dollars.

D'où venait donc ce garçon ? Avait-il une famille ? Comment avait-il échoué ici ? Malgré la guignolée toute récente, il n'arrivait toujours pas à comprendre comment un tel isolement était possible à Montréal. Trente ans de reportages, d'entrevues, de ferveur journalistique, et la réalité du coin de la rue le dépassait. L'urgence était achalandée et Michel ne pouvait plus attendre. La répartitrice à qui il expliqua la situation le rassura, une infirmière s'occuperait du jeune homme très bientôt. D'ici là, elle le garderait à l'œil.

Michel donna la main à Réjean en lui rappelant de faire attention à lui.

— Je te dis Joyeux Noël tout de suite, Michel, d'un coup qu'on ne se revoie plus.

Michel serra les dents et s'éloigna.

Il se pointa chez Cynthia avec une heure de retard. Mais comme tout le monde s'efforce d'arriver au moins quarante-cinq minutes en retard aux invitations, ce n'était pas grave.

Cynthia l'accueillit avec éclat, plus majestueuse que jamais. Elle avait revêtu une robe noire au corsage cousu de pastilles moirées et brillantes. Elle se pencha pour lui faire la bise ; elle portait des talons hauts. Elle le remercia pour le champagne et le saumon mariné. Une douzaine de personnes le saluèrent. Il reconnut les comédiens de *La Renonciation* et Cynthia lui présenta les autres qu'il ne connaissait pas.

— Maintenant, dis-moi ce que tu as le goût de boire, Michel.

— J'ai le goût de ce que tu veux, répondit-il en souriant.

— De ce que je veux ? Vraiment ? murmura-t-elle, les yeux étincelants.

Elle lui tendit une des bouteilles de champagne qu'il avait apportées. Elle n'avait jamais surmonté sa frayeur des bouchons qui sautent. Michel lui promit d'y aller tout doucement et de ne rien gaspiller. Le double sens de leur badinage n'échappa à personne et, quand il retira sans bruit et d'un geste élégant le bouchon de champagne, tous manifestèrent un grand contentement. Il servit Cynthia en s'attardant sur son corsage, son sourire inspirant et son regard limpide. Il était exactement là où il voulait être.

Dimanche, midi vingt-trois. Michel n'en pouvait plus de réfréner son impatience, mais il était inutile de se rendre trop tôt à l'aéroport. Il se prépara un sandwich aux tomates, fit du thé, essaya d'entamer *Travail et capitalisme*, mais abdiqua, faute de concentration. Il sortit sur son balcon, fixa l'horizon, fit son souffle océan, commença à avoir froid et rentra vérifier de nouveau sur Internet l'heure prévue d'arrivée.

Il avait encore une petite heure à perdre et alla marcher le long du fleuve ; regarder l'eau le rassérénerait. Il croisa un groupe de jeunes, des étudiants sans doute. Leur turbulente manière d'habiter ce monde qui serait bientôt le leur éclatait dans leurs voix et leurs gestes. Ils se relançaient en riant, leurs pas résonnant comme une cavalcade sur les pavés de la rue de la Commune. Il imaginait très bien Emma parmi eux. Ses amis altermondialistes militaient probablement au sein des organisations étudiantes qui commençaient à se faire entendre dans sa caverne. Curieux hasard, songea-t-il, que sa fille ait choisi de prendre du recul avec ses études cette année, au moment même où le gouvernement déboussolait le monde de l'éducation.

Il se promena encore un peu, mais ne parvint pas à tromper son attente et sa fébrilité. Enfin, il fut l'heure d'y aller. Il roula sagement, sans hâte, jusqu'à l'aéroport. Le stationnement était bondé et il mit un long temps à trouver une place. Il y avait foule ici cet après-midi. Il se planta sous l'écran indicateur des arrivées et ne bougea plus jusqu'à ce que le voyant lumineux annonce que l'avion venait d'atterrir. Alors le bouchon minéral qu'il avait au fond du ventre sauta, comme celui de la bouteille de champagne chez Cynthia. Le cœur battant parmi la foule qui se pressait à la sortie de la douane, il se mit à sautiller sur place, souriant tout seul, incapable de se contenir. Il imaginait Emma devant le carrousel, aussi fébrile que lui, ramassant son bagage et se dépêchant de faire la queue pour valider sa déclaration de douane, répondre aux questions de l'agent d'une voix soumise, s'efforçant d'avoir l'air bête pour ressembler à sa photo de passeport.

Les premiers passagers apparurent. Des cris fusèrent, des accolades, des étreintes. Ce n'était jamais elle. Plusieurs voyageurs semblaient fatigués. Ils sortaient par grappes et en désordre. Il vit deux jeunes femmes en petite robe noire qui lui rappelèrent l'Italie. Autour de lui, le chaos des retrouvailles augmentait son impatience. Et puis, il l'aperçut. Un peu pâle, en jeans et en t-shirt, poussant un charriot surchargé. Elle rapportait toutes sortes de choses nouvelles.

Soudain, Emma tourna la tête vers lui en levant les yeux et le repéra instantanément au milieu de tous. Il crut se reconnaître lui-même dans ce regard sûr, calme et clair qui le situait si bien. Le visage de sa fille s'illumina tout entier d'un tel sourire que Michel sentit tous les morceaux de sa vie se recomposer, trouver en lui une niche. Il se hissa, debout droit sur ses pieds, soulevé par un trop-plein de joie. Il voulut dire son nom, ne serait-ce que pour s'entendre le prononcer et il ouvrit la bouche pour l'appeler ; mais cette fois, pour une fois, il demeura sans voix.